Rivière Mékiskan

Lucie Lachapelle

Rivière Mékiskan

Catalogage avant publication de Bibliothèque et Archives nationales du Québec
et Bibliothèque et Archives Canada

Lachapelle, Lucie, 1955-

    Rivière Mékiskan : roman

    ISBN 978-2-89261-572-2

    I. Titre.

PS8623.A351R58 2010   C843'.6   C2009-942638-2
PS9623.A351R58 2010

La publication de cet ouvrage a été rendue possible grâce à l'aide financière du ministère du Patrimoine canadien par l'entremise du Programme d'aide au développement de l'industrie de l'édition (PADIÉ), du Conseil des Arts du Canada (CAC) et du ministère de la Culture et des Communications du Québec (MCCQ) par l'entremise de la Société de développement des entreprises culturelles (SODEC).

Conception typographique et montage : Édiscript enr.
Traduction en cri : George Pisimopeo
Maquette de la couverture : Zirval Design
Illustration de la couverture : Jean Kazemirchuk
Photographie de l'auteure : Martine Doyon

ISBN 978-2-89261-572-2

Dépôt légal : 1er trimestre 2010
Bibliothèque et Archives Canada
Bibliothèque et Archives nationales du Québec

Distribution/diffusion au Canada :
Distribution HMH
1815, avenue De Lorimier
Montréal (Québec)
H2K 3W6
Téléphone : 514.523.15.23
Télécopieur : 514.523.99.69
www.distributionhmh.com

Distribution/diffusion en Europe :
DNM-Distribution du Nouveau Monde
30, rue Gay-Lussac
75005 Paris, France
Téléphone : 01.43.54.49.02
Télécopieur : 01.43.54.39.15
www.librairieduquebec.fr

Imprimé au Canada

www.editionsxyz.com

*À Benjamin
et Marie-Ève*

1

Alice a vingt-cinq ans, les cheveux longs, châtains, le teint pâle. Elle porte un jean et une camisole. Alice est belle. Elle a les yeux légèrement en amande, les pommettes saillantes. Une lumière émane d'elle. Elle inspire l'harmonie, le calme, la douceur. Pourtant, à l'intérieur, une douleur la tenaille. La colère gronde.

Alice se penche à la fenêtre et regarde Montréal qui défile. À bord d'un train en route vers Mékiskan, ce trou perdu au bord de la voie ferrée, elle est décidée à prendre son mal en patience. Dans deux jours, elle sera de retour à la ville et elle aura accompli ce qui doit l'être : en finir avec le passé, résolument.

— Billets, s'il vous plaît.

Alice fouille dans une poche de son blouson, posé à côté d'elle, puis tend son billet au contrôleur.

— Bon voyage.

Alice ne répond pas. Elle se contente de sourire nerveusement. Puis elle entend les passagers derrière répondre au contrôleur en allemand. « On vient de loin, pense-t-elle, pour aller se perdre au milieu des épinettes. » Elle prend son blouson, se lève et le range sur la tablette du dessus. Elle jette un coup d'œil à la ronde. Dans le wagon, il y a une vingtaine de personnes : une femme d'une trentaine d'années avec ses deux enfants, un couple dans la cinquantaine, les touristes allemands et plusieurs hommes.

Des pêcheurs, facilement reconnaissables à leurs accoutrements. Alice se rassoit. Elle a gardé près d'elle un sac de voyage, usé et sale, une bouteille d'eau. Elle appuie sa tête contre la banquette, ferme les yeux. Une légère angoisse s'est fixée entre sa gorge et sa poitrine.

❖

Deux semaines plus tôt, Alice a reçu un appel. L'homme au bout du fil était très calme.

— Alice Lamontagne ?

— Oui.

— Ici le bureau du coroner. Nous avons trouvé votre numéro de téléphone dans le portefeuille d'un homme découvert mort dans la nuit du 23 août dernier. Il n'avait aucune pièce d'identité sur lui. C'est un homme dans la cinquantaine, cinq pieds dix, le teint foncé. Est-ce que cet homme a un lien avec vous ? Le connaissez-vous ?

— Peut-être, a répondu Alice.

Elle aurait pu dire non, elle aurait pu dire oui. À vrai dire, elle ne le connaissait pas vraiment. Mais elle était sa fille.

— Pouvez-vous venir identifier le corps ?

— Oui.

L'homme lui a indiqué l'adresse de la morgue, et Alice a raccroché. C'est ainsi qu'elle a appris la mort d'Isaac, son père.

Alice n'avait aucun doute sur l'identité du cadavre. La mort d'Isaac était une mort annoncée. Elle avait toujours redouté ce moment. Et ce qu'elle craignait depuis longtemps était arrivé. Le pire était survenu.

Quelques jours plus tard, à la morgue, Alice s'est approchée de la vitre qui séparait les tiroirs contenant les cadavres des visiteurs venus les identifier. L'homme a ouvert l'enveloppe pour exposer le corps d'Isaac. À ce moment, Alice a souffert intensément et son sentiment d'impuissance devant la vie a ressurgi. Son émotion était forte, dévastatrice. Alice la sentait faire des ornières dans sa poitrine.

L'homme l'interrogeait des yeux. Il voulait une réponse. D'un mouvement de la tête, Alice a acquiescé. L'homme a refermé le sac. Alice aurait voulu que cela s'arrête là, que sa vie finisse avec celle de son père. Elle s'est imaginée étendue à ses côtés sur le plateau de métal, puis cachée, oubliée dans le tiroir de la mort.

Alice a suivi l'homme dans un bureau et s'est assise devant lui, très droite et très blanche, un vertige dans la tête.

— Le corps a été retrouvé sur un banc de parc à cinq heures du matin. Pas de traces de violence, a dit l'homme. Il était vêtu d'un pantalon noir et d'une chemise dans des tons de bleu. Il ne portait pas de souliers, il avait avec lui un sac contenant des objets personnels. Une liste a été faite. La voici. Cause du décès : intoxication à l'alcool, itinérance.

L'homme accomplissait son travail, il décrivait la mort. Dans un même élan, il énumérait les objets contenus dans le sac : des bas, un stylo, des papiers… Alice le regardait. La quarantaine, ni beau ni laid, chemise, cravate. Un tic nerveux faisait plisser son œil gauche derrière ses lunettes épaisses. Il ne souriait pas, il ne le pouvait pas.

— Le lien avec vous ? a demandé l'homme.

— Mon père, a répondu Alice.

L'homme ne l'a pas regardée. Des morts et des parents de morts, fils, filles, mères ou pères, il en voyait tous les jours défiler dans son bureau. Silence, pendant un instant. Le moment était violent.

— Voulez-vous signer ici ?

Alice a alors pensé qu'elle allait signer un papier confirmant la déchéance de son père. Et sa fin. En août, à cinquante-cinq ans, dans la rue comme un chien, non, pas exactement, sur un banc de parc, après des années de fuite, de chutes, de rechutes, d'errance, d'excuses, d'abandon et de trahison. Et elle a écrit son nom au bas de la page. Tout ce qu'elle avait voulu cacher au monde et à elle-même était désormais inscrit sur ce bout de papier. Elle venait de signer des aveux. L'homme devant elle, cet inconnu, savait tout maintenant. Non, pas tout, mais l'essentiel : ce qui avait gâché la vie d'Alice. Et l'homme a classé la feuille avec le reste des documents, fermé le dossier. Isaac faisait dorénavant partie des statistiques. Archivé, aligné aux côtés de ceux qui ne s'en étaient pas sortis.

Alice était certaine de porter en elle le germe de quelque chose de destructeur, de salissant, qui répugnait au monde et à elle-même.

— Et je vous remets ceci, a dit l'homme. Ce sont ses affaires personnelles.

Il a tendu à Alice un sac de voyage usé et sale.

— Comment allez-vous disposer du corps ?

C'était trop pour la même journée. Alice a pris le sac et s'est levée pour partir.

— Les informations sont sur cette feuille. Bonne chance.

Alice est partie, le papier dans la main. Les deux derniers mots l'avaient déconcertée : bonne chance. « Mais qu'est-ce que la chance a à voir avec ça ? » s'est-elle demandé.

Dans un café, elle a sorti les objets du sac. Après avoir jeté les vêtements et le reste, elle a gardé un vieux portefeuille avec une photo. C'était elle, Alice, avec Louise et Isaac, quand elle était petite. C'était à l'époque où elle n'avait pas encore conscience d'être elle-même.

Ensuite, elle a marché dans la ville. Sans but pendant un moment. Puis, elle a pris la direction de l'Ouest, le vieux sac usé et sale de son père à la main. Il symbolisait parfaitement Isaac. Alice, qui avait des comptes à régler avec le disparu, se sentait incapable de s'en séparer.

Alice se rendait là où son père était mort. Ou plutôt là où il s'était éteint. Car Isaac avait commencé à mourir bien avant. C'était aussi l'endroit où Alice l'avait vu quelques mois plus tôt, à vingt-trois heures, à la sortie du cinéma. Elle traversait le petit parc avec des amis. Isaac était assis par terre en compagnie d'une femme et d'un homme. Tous trois étaient sales, hagards. Des bouteilles d'alcool étaient dissimulées dans des sacs de papier brun. Les amis d'Alice, qui ne savaient pas, avaient grimacé de pitié ou de dégoût, cela revenait au même. Et Alice avait fait mine de rien. Évidemment, Isaac ne l'avait pas reconnue, elle, sa fille. Son esprit devait être déjà parti ou bien encore là, mais noyé. Ce soir-là, personne n'aurait pu deviner ce qu'Alice vivait. Au-dehors, tout semblait normal. À l'intérieur, une terrible implosion avait eu lieu et causait son ravage. Le destin, impitoyable, s'était abattu sur elle. Il s'était exprimé comme une fatalité, la couvrait de honte. Et pour Alice, cet endroit, ce parc, était devenu maudit. Interdit d'y passer.

En cette journée de morgue, c'est pourtant là qu'elle s'est rendue. Une idée fixe. Une urgence, comme si elle voulait retourner en arrière. Et si elle l'avait affronté ce soir-là? Si elle l'avait secoué jusqu'à ce qu'il dégrise? Si elle l'avait ramené chez elle? Si elle l'avait lavé, emmené à l'hôpital, à l'asile des fous? Pendant qu'elle marchait vers le petit parc, elle sentait la rage monter. Contre elle-même.

Alice a observé les lieux. Un petit groupe de clochards, des Amérindiens, des Inuits et des Blancs, s'abîmaient, publiquement, indifférents à sa présence. Elle s'est avancée un peu, la haine bien installée entre son ventre et sa poitrine. Elle ne ressentait aucune pitié, aucune compassion. Seulement une grande envie de crier, de frapper, de faire payer. Une femme, une ombre, est venue vers elle en marmonnant quelque chose avec sa bouche molle.

— Approche-moi pas, a dit Alice.

La femme s'est arrêtée net. Alice est partie.

❖

Le train file maintenant dans un paysage de forêt boréale: épinettes, bouleaux, parois de rochers, rivières. Alice se dit: «On s'enfonce dans le bois, encore dix heures et je vais y être.»

Alice, toute petite, a quitté le village avec sa mère. Louise avait décidé qu'elle en avait assez. Elle a emmené Alice, et les liens ont été rompus avec la famille d'Isaac. Pour Louise, c'était définitif, sans appel. Isaac aussi est parti, quelques années plus tard, après la fermeture de la compagnie de bois. Il a vécu dans les petites villes de la région, puis à Montréal et aussi ailleurs. Alice le voyait quelques fois par année. À son anniversaire, il venait la chercher pour faire une promenade. À Noël, il lui apportait un cadeau. Durant les vacances d'été, elle pouvait le voir quatre ou cinq jours d'affilée, puis il lui disait qu'il repartait dans le bois ou en voyage. Petite, Alice adorait son père, qu'elle trouvait beau et mystérieux. Elle aimait sa peau foncée, tellement plus belle que la sienne, blanche et diaphane. Elle aimait son odeur, un mélange de lotion sucrée et de fumée. Elle aimait ses yeux bridés, noirs et rieurs. Les siens étaient bleus et tristes. Jamais Isaac n'a ramené Alice à Mékiskan. Beaucoup plus tard, elle a appris que Louise le lui interdisait.

— C'était pour te protéger, avait dit Louise.

— Me protéger de quoi ?

— Te protéger d'eux !

Eux, c'était la famille de son père — les oncles, les tantes, la grand-mère —, les gens du village, les chiens errants, les moustiques, les bêtes sauvages, le vent, l'eau froide des lacs.

Louise avait rencontré Isaac alors qu'elle travaillait au restaurant du village. Un travail d'été. Elle était devenue amoureuse et elle s'était installée à Mékiskan. Isaac travaillait pour la compagnie de bois. L'un des rares Métis ou Amérindiens embauchés pour arracher, couper, saigner à blanc, fabriquer des planches. Louise avait aimé Isaac, elle était tombée enceinte, Alice était née. Puis, Isaac avait délaissé Louise pour boire à l'hôtel, de plus en plus souvent. Quand elle en avait eu ras le bol des nuits à attendre et des relents d'alcool au petit matin, Louise avait menacé Isaac de partir. Il ne l'avait pas crue. Il ne voyait pas le problème. Mais Louise le voyait les yeux grands ouverts, le problème.

Il y avait des tensions au village entre les Amérindiens et les Blancs. À cause du prix exorbitant de la bière au magasin général, à cause des politiques racistes d'embauche de la compagnie de bois, à cause des règlements de l'hôtel qui interdisaient une section aux Amérindiens. À cause aussi des jeunes Amérindiennes qui couchaient avec les Blancs, pour une soirée au bar de l'hôtel Moose dans la section qui leur était normalement interdite. Des filles qui croyaient monter dans l'échelle sociale en montant dans la chambre numéro neuf avec n'importe quel barbu de l'époque. Et elles tombaient enceintes. Les soirs de beuverie, ça se battait, et Louise avait peur. Cette époque s'était cristallisée dans ses souvenirs en quelque chose de laid, de sale, constitué de gens et de situations détestables. Le beau avait été anéanti. Jamais Louise ne disait autre chose. Elle n'en démordait pas.

C'est plus tard qu'Alice a compris que les fameux voyages de son père se passaient dans des chambres d'hôtels minables, à Montréal ou dans l'une des villes du Québec ou de l'Ontario où il échouait. C'est Louise qui le lui a dit.

— Ça, c'est la vérité, ma fille.

Alice s'est sentie trompée, trahie. Son père allait de naufrage en naufrage, entre des lits, des femmes et des bouteilles. De temps en temps, il trouvait un emploi, refaisait surface, repartait, puis il rechutait. «Pourquoi n'en finissait-il pas? se demandait Alice. Pour faire souffrir les autres?» C'est ce qu'elle pensait.

❖

Le jour tombe. Il y a des lueurs rouges dans le ciel. Alice a froid. Elle prend son blouson sur la tablette du dessus et l'enfile. Les passagers lisent, rêvent, mangent, boivent de la bière, jouent aux cartes.

❖

C'est Marie, sa meilleure amie, qui l'a encouragée à y aller. Louise, quant à elle, a tenté de l'en dissuader.

— Y a rien pour toi là-bas! T'as pas assez souffert?

Et elle a maudit la famille de son ex-mari qui ne donnait pas de nouvelles depuis de nombreuses années. Alice croyait qu'au contraire Louise aurait dû se réjouir de ce silence, de cette indifférence. Mais avec elle, il fallait s'attendre aux contradictions. De toute façon, Isaac était son père à elle, Alice, et n'était plus son mari à elle, Louise. C'était donc Alice qui décidait. Louise n'avait plus rien à voir dans tout ça.

La première idée d'Alice avait été de disperser les cendres d'Isaac à Montréal. Un soir, saoule, elle avait traîné sa copine Marie jusqu'à la décharge municipale. Elle avait avec elle le vieux sac et, dedans, l'urne.

— Qu'est-ce qu'on fait ici? J'haïs ça! C'est quoi, ce vieux sac-là? avait demandé Marie.

Alice avait ouvert le sac et avait sorti l'urne. Marie l'avait arrêtée.

— Tu peux pas faire ça ici.

— Il s'est pas gêné, lui. C'est ça qu'il mérite.

La colère parlait, fort. Colère parce qu'Isaac l'avait abandonnée, colère parce qu'il s'était détruit jusqu'à en mourir, colère parce qu'elle avait honte, colère parce qu'elle aurait voulu vivre autre chose, colère parce qu'elle n'avait pas pu le sauver.

— Fais pas la folle, a dit Marie.

— Où veux-tu que je fasse ça ?

— À la montagne, au Jardin botanique, au-dessus du fleuve…

— Une prière avec ça ? Du violoncelle ?

— Il vient d'où, ton père ?

— Du bord de la voie ferrée, dans le Nord.

— Va disperser les cendres là-bas !

— Oh non ! Pas question !

— Pourquoi pas ?

Marie avait allumé une cigarette et elle l'avait donnée à Alice. Au cours des jours qui avaient suivi, l'idée s'était frayé son chemin et Alice avait pris sa décision. Elle retournerait son père d'où il venait. Elle irait à Mékiskan, à douze heures de train de Montréal. Un petit village perdu et oublié, effacé de la carte, le lieu où Alice avait vu le jour et où Louise avait emmagasiné de la rancœur pour le reste de sa vie.

❖

Les lumières du wagon s'éteignent. La nuit est noire. Alice a le sentiment de plonger dans l'eau d'un lac profond et froid. L'angoisse descend de sa gorge à sa poitrine. Elle ferme les yeux. Encore plus de noirceur derrière ses paupières.

Il y a autre chose à laquelle Alice ne veut pas penser. Mais elle vient de plonger droit vers cette chose. Une toute petite chose qui pousse dans son ventre. Six ou sept semaines au plus creux d'elle-même, en silence, en secret, recroque-villée à côté des réserves de colère et de hurlements d'Alice. Elle ne l'a pas encore condamnée à mort. Elle va s'en occuper à son retour.

Alice pousse une porte et se retrouve entre le wagon de marchandises et le wagon de passagers. Elle allume une cigarette. La première bouffée l'étourdit un peu, mais elle aime le goût du tabac. « Tant pis pour la chose », se dit-elle. Elle sort la tête par la fenêtre ouverte ; l'air est frais. La locomotive amorce une grande courbe à travers les épinettes et les parois rocheuses.

Alice entre dans le wagon de marchandises. Un des conducteurs du train, sortant de la locomotive, l'aperçoit.

— C'est interdit de venir ici ! lui crie l'homme.

Le bruit est infernal dans ce wagon.

— Seulement cinq minutes ! répond Alice sur le même ton.

L'homme lui fait signe d'approcher. Il l'amène à l'avant. Les lumières de l'engin éclairent les rails et la forêt. Le train fonce dans la nuit. Alice est fascinée. L'homme à ses côtés, l'autre conducteur, ne dit rien. Il surveille la voie. Au loin, une lumière vacille. D'une manœuvre, l'homme ralentit la course du train.

— Qu'est-ce qui se passe ? demande Alice.

— On a des passagers, répond l'homme.

Alice le questionne du regard.

— À partir d'ici, on arrête sur demande. Ils peuvent pas aller à la gare, y en a pas. Tu ferais mieux de retourner t'asseoir.

La lumière se rapproche. Le train lance un long siffle-ment. Au bord de la voie ferrée, un jeune Amérindien agite un fanal. Une petite fille et une femme se tiennent derrière lui, au milieu de la forêt, au milieu de la nuit.

Alice a retrouvé sa place tandis que le train s'immobilise complètement. Les lumières s'allument. Une Amérindienne, immense, jeune trentaine, entre dans le wagon. Elle tient un bébé dans ses bras. La petite fille et le jeune garçon la suivent avec des bagages et une poussette pour bébé. Ils s'installent sur les banquettes, de l'autre côté de l'allée. La petite fille, qui porte de petites lunettes, s'étend aussitôt. La mère ouvre sa blouse. Le bébé tète un sein volumineux. Alice pense à ses seins minuscules. Le garçon vient s'asseoir en face d'Alice et il la fixe de son regard noir. Le train repart, les lumières s'éteignent. Alice se tourne vers la fenêtre. Les arbres défilent de plus en plus rapidement. Ils se découpent comme des ombres sur le ciel bleu foncé. Alice se recroqueville sur son banc, aux côtés du sac usé et sale. Elle revoit dans sa tête la femme, les enfants, les rails, les arbres, les seins, la nuit noire. Elle finit par sombrer. Le garçon se couche à son tour en tenant contre lui une mallette de vinyle noire. Le train emporte ses passagers endormis.

2

Alice crie dans son sommeil et elle se réveille en sursaut. Le garçon est toujours assis en face d'elle et il ne la quitte pas des yeux. Alice croise le regard de l'enfant. Aucune expression sur son visage fermé. Il tourne la tête vers la fenêtre. Alice l'observe. Il a les cheveux très courts, drus, noirs, la peau foncée. Il porte un chandail à l'effigie d'un groupe rock, des gants couleur argent, coupés aux doigts. Il a des cicatrices sur les avant-bras. Il tient sur lui une mallette de vinyle noire. Alice se dit que c'est un petit dur. Sentant les yeux d'Alice posés sur lui, il se lève et il rejoint sa famille de l'autre côté de l'allée. Sa mère lui met le bébé dans les bras. Immédiatement l'expression du garçon change. Il sourit tendrement à l'enfant et il l'embrasse. Alice prend une gorgée de sa bouteille d'eau laissée sur la banquette.

La petite vient se coller le nez à la fenêtre du côté d'Alice. Elle semble hypnotisée par les images du dehors et le roulis du train. Alice aussi jette un coup d'œil à l'extérieur. Le temps est triste et le paysage aussi : une montagne complètement rasée par la coupe de bois, une forêt brûlée. Alice regarde la petite, regarde le paysage. L'inquiétude se fraye un chemin.

La mère se tourne légèrement pour s'adresser à la fillette dans une langue qu'Alice ne comprend pas. Celle-ci dévisage la femme, qui lui sourit timidement et qui détourne les yeux. «Contact impossible», pense Alice. De toute façon, Alice n'a aucunement envie d'entrer en communication avec qui que ce soit. Elle se réjouit du fait que ses origines amérindiennes sont invisibles. Aucune confusion possible. Elle ne se sent aucune parenté, aucun point commun, aucun lien avec cette femme. Pour Alice, avoir des racines amérindiennes signifie avoir honte et avoir peur. Et elle porte un fardeau : son propre père a incarné tout ce que les autres pensent des Amérindiens. Isaac était un fainéant, un alcoolique fini.

Pourtant, étrangement, Alice a parfois le goût de cracher à la face de ceux qui se permettent de faire des commentaires désobligeants sur les Amérindiens. C'est comme si elle seule avait le droit de les détester et de les mépriser. Cette émotion l'étonne toujours. D'autant plus qu'elle survient brutalement.

Cette Amérindienne du train voit sûrement en Alice une autre Blanche. Elle ne peut deviner qu'Alice partage avec elle une part du poids de l'hérédité et du destin qui l'accompagne.

— On arrive, maman ! s'exclame la petite.

Le train ralentit. Les passagers se penchent à la fenêtre. Des cabanes, des bungalows dispersés ici et là, quelques bâtisses, des camionnettes et des véhicules tout-terrains qui affluent vers la petite gare, un taxi. «Après plus de douze heures de voyage, on est content d'arriver, même si c'est nulle part», se dit Alice. Elle savait que l'endroit était petit, laid, loin, isolé, mais pas autant que ce qu'elle a maintenant sous les yeux. Elle se lève et prend ses affaires. C'est le branle-bas. Tout le monde est en file pour descendre à la suite de la grosse femme qui bouge lentement, et c'est long.

Un homme, dans la vingtaine, amérindien, grand, le teint foncé, les cheveux très noirs et longs, attachés en queue de cheval, veste de denim, bottes de cow-boy, accueille les pêcheurs. Alice apparaît dans la porte du train.

— Pour la pourvoirie ? lui demande-t-il.

— Non.

— Excusez-moi.

« Beau gars, pense Alice, mais sûrement un autre dans la même lignée dégénérée ! » Les enfants courent sur le quai. Les passagers quittent les lieux, à pied, en camionnette, en taxi. Un couple d'Amérindiens âgés et un jeune enfant sont assis sur un banc devant la cabane faisant office de gare. Alice pose son sac. Le train repart. Les Allemands sont restés à bord. Alice les voit qui regardent par la fenêtre. Après quelques minutes, le vieux couple et l'enfant partent aussi. Alice les observe un moment. L'homme est grand et maigre. Il se tient droit. Il porte un veston décati et un chapeau des années cinquante. La vieille aussi est maigre. Courte. Elle a une jupe longue, une veste de laine, des bottes de caoutchouc, un fichu sur la tête. Elle tient la main du petit enfant. Ils s'éloignent sur les rails dans la lumière du matin.

Alice est seule sur le quai. Une impression de déjà-vu. Pour quitter Mékiskan, Alice avait pris le train avec Louise. Le train de nuit. Isaac était venu les reconduire. Des images dans la tête d'Alice plutôt que de vrais souvenirs : son père l'embrasse, il pleure, la couchette du train, les toilettes branlantes.

Alice quitte la gare. Elle se dirige vers l'hôtel dont elle aperçoit l'affiche, à deux pas. La veille de son départ, Louise lui a parlé du Mékiskan de l'époque. Elle lui a décrit les larges rues de gravier et de sable, le magasin général où l'on pouvait trouver à peu près tout ce que l'on voulait, le restaurant où elle avait travaillé, la grande salle de l'hôtel où se produisaient les orchestres de blues et de country en tournée dans la région et la piste de danse. Le moulin à bois fonctionnait jour et nuit et elle se souvenait de l'odeur des copeaux de bois qui brûlaient, des maisons de la compagnie, peintes en blanc et vert, où ils avaient habité, des grandes tentes blanches des Indiens au bord de la rivière. La cabane de la famille, plus loin, dans le rang, la langue qu'elle essayait d'apprendre, les fous rires amoureux, les plats à base de viande sauvage d'Agnès, la grand-mère. Mais malgré cet espace nouveau qui semblait s'ouvrir dans la tête de Louise, elle n'aimait pas qu'Alice fasse le voyage.

— Il doit plus rester personne de la famille. Un de tes oncles, peut-être. Un autre ivrogne.

Qui était vivant et qui était mort? Louise ne le savait pas. Mais Alice avait pris la décision d'y venir et aucun argument n'aurait réussi à la faire changer d'idée. Et elle n'avait pas peur. Le pire était déjà arrivé. Alice était curieuse de voir cet endroit défendu, le lieu de sa naissance, l'enfer de sa mère.

Le village est désert. Alice ne croise personne, un chien errant. Devant l'hôtel Moose, haut lieu de déchéance, elle s'arrête, regarde la bâtisse en décrépitude, la tête de l'orignal peinte sur l'affiche en métal, rouillée. Elle monte les quelques marches, entre. Ça sent la bière et la cigarette. Un homme, blanc, fin de la quarantaine, en camisole, lave le plancher. Il lève les yeux vers Alice.

— J'ai une réservation. Alice Lamontagne.

En réalité, elle s'appelle Alice Awashish-Lamontagne. Lamontagne étant le nom de sa mère, Awashish, le nom de son père et de sa grand-mère. Mais Alice donne rarement son nom au complet.

Sans dire un mot, l'homme se dirige vers le comptoir, dépose sa vadrouille, ouvre un tiroir, tend une clé à Alice.

— Pour combien de nuits ?

— Une.

— Faut régler d'avance.

❖

Alice est étendue à moitié habillée sur le lit. Elle a dormi. Elle regarde le plafond jauni. Elle a faim. Elle décide de manger d'abord. Elle trouvera un endroit ensuite ; ce ne devrait pas être trop difficile. Quant à la famille, elle demandera, au cas où, tant qu'à y être. Ensuite, elle retournera à sa vie. Sa vie ! Alice sent l'angoisse dans son estomac vide. Il vaut mieux ne pas trop penser à l'avenir ; le présent suffit.

Il n'y a que quelques personnes dans la salle de l'hôtel, à la fois restaurant et bar. Alice reconnaît un homme et une femme qui étaient dans le train avec elle. Ils jouent au billard. Alice s'installe au comptoir et consulte le menu : soupe aux tomates et à l'alphabet, spaghetti italien, pain de viande, tarte au sucre, tarte aux fraises, pouding au chocolat. « Les bagels au saumon fumé et au fromage à la crème sont pas encore arrivés ici », pense-t-elle.

— Je vais prendre une soupe, dit-elle au serveur, l'homme qui lavait le plancher.

Sur les murs, les trophées de chasse sont alignés : une tête d'orignal avec un panache énorme, une tête de chevreuil, une peau d'ours noir, une de renard, une autre de loup, immense, un castor empaillé et quelques autres bêtes plus petites. Alice s'attarde un moment sur les yeux vitreux et les pelages poussiéreux. Tout près d'elle, un vieux, qui porte une drôle de casquette, est accoudé au comptoir devant un verre vide. Il tourne la tête un moment vers elle, puis il continue de fixer l'étalage de bouteilles devant lui. Le serveur revient avec la soupe chaude.

— Merci, dit Alice.

— Charlie ! Une autre, dit le vieux.

Le serveur, Charlie, s'exécute. Puis, il essuie des verres.

Alice achève de manger la soupe qui goûte le jus de tomate en conserve et commande un sandwich au jambon.

— Pas de tomates, toasté, mayonnaise. Avec un Coke.

Charlie va porter le bol vide d'Alice à la cuisine et revient nettoyer le comptoir.

— Où est-ce que je peux trouver les Awashish ? lui demande Alice.

— Lesquels ?

— La famille d'Isaac Awashish.

— Ils sont plus dans le bout. Ils sont partis en ville ou à la réserve.

Alice est légèrement contrariée. Mais elle ne comptait pas tellement là-dessus. Une femme, jeune, assez jolie, amérindienne, apparaît dans l'entrée de la cuisine. Elle porte un tablier, ses cheveux sont tirés vers l'arrière et couverts d'un filet. Charlie lui dit quelque chose dans sa langue ; elle lui répond et elle retourne dans la cuisine. Alice regarde distraitement une mouche qui marche sur le comptoir.

— Il reste une vieille, dit Charlie.

— Ah oui ? demande Alice.

— Lucy. Elle habite encore la cabane, dans le rang de la Rivière.

La cabane dans le rang de la Rivière. C'est là qu'Isaac a grandi. Louise a déjà mentionné le nom d'une vieille, une veuve. Elle, son mari et leurs enfants ont habité plusieurs années avec la famille, par le passé.

Charlie sert le sandwich, ouvre la cannette pour Alice.

— Comment je fais pour aller là ? demande Alice.

— Après la voie ferrée, prends la route de terre, répond Charlie. Le rang de la Rivière va être deux, trois kilomètres plus loin sur ta gauche. Tu vas voir la cabane en haut de la côte. Tu peux prendre le taxi. Priscille est stationnée à la gare quand elle est pas partie reconduire quelqu'un.

Charlie se tourne vers le vieux.

— Damien ! Ta fille est-tu au village ?

L'homme hausse les épaules.

Alice a le reste de la journée, la soirée et le lendemain matin devant elle. Elle ira voir cette vieille femme et elle trouvera un endroit pour les cendres d'Isaac aux alentours de la cabane.

Alice monte à sa chambre, brosse ses dents, enfile son blouson, prend le vieux sac contenant l'urne et sort.

Le taxi n'est pas devant la gare. Alice marche jusqu'au bout du village, ne croise personne. Elle passe la voie ferrée, prend le chemin de terre. Après un moment, elle s'arrête. Elle regarde devant elle la longue route déserte au milieu des épinettes ; derrière elle, le village. Elle a chaud, enlève son blouson. Les mouches noires l'assaillent. Elle a des cailloux dans les sandales. Elle a soif. Elle n'a pas pensé à apporter de l'eau. Elle s'impatiente. Elle se calme. Ce qui la frappe, c'est le ciel. Un ciel immense, plus grand qu'à Montréal. Un ciel presque irréel qui a l'air de vouloir engloutir le reste. Elle repart.

Au loin, un nuage de poussière. Un véhicule roule dans sa direction. C'est le taxi, un ancien modèle avec de longues ailes noires. Rendu à sa hauteur, il ralentit, s'arrête. Le chauffeur, une Québécoise, cheveux blonds teints, début de la quarantaine, baisse sa vitre.

— Es-tu perdue? demande la femme.

— J'espère que non. Je m'en vais au rang de la Rivière.

— T'es presque rendue. En haut, tourne à gauche.

Alice reprend son sac.

— Tu vas chez qui?

— Les Awashish.

Par un geste, Priscille invite Alice à monter à l'avant à côté d'elle. Alice s'exécute. La femme fait demi-tour.

Les banquettes, usées, sont en cuir noir. Le tableau de bord et la bordure des fenêtres sont couverts d'une fine couche de poussière. Un « sent-bon » à l'odeur de sapin est suspendu au miroir.

— Une belle journée de fin d'été, dit Priscille.

— Oui.

— Es-tu arrivée par le train? Je t'ai pas vue à la gare.

— Oui.

Le taxi monte une côte, prend le rang à gauche. Alice voit la cabane et une émotion étrange surgit en elle. Le taxi s'immobilise dans l'allée.

— Combien je vous dois? demande Alice.

— Rien. Tu me dois rien.

Priscille lui remet une carte d'affaires.

— Ah… merci, dit Alice.

Un petit chien en laisse jappe quand Alice s'avance vers une cabane de planches dont la peinture n'a pas été entretenue depuis longtemps et que surplombe une antenne de télévision. La cabane semble abandonnée au milieu des talles de bouleaux blancs et des trembles, des épinettes noires, des sapins baumiers et des mélèzes. Le vent, qui fait bruisser les feuilles, transporte une odeur sucrée. Un vieux camion de couleur orange est garé un peu en retrait, une balançoire est suspendue entre deux arbres. Il y a des objets à la traîne tout autour, des crottes de chien. Alice monte les quelques marches du perron, frappe à la porte moustiquaire. Pas de réponse. Elle tente de voir à l'intérieur, mais sans oser entrer.

— Allô ? Y a quelqu'un ?

Alice entend du bruit, à droite de la maison. Elle avance de quelques pas. Au bout d'un sentier, entre de hautes herbes, elle aperçoit une vieille Amérindienne qui referme la porte de la bécosse et qui ajuste sa jupe. La femme ne semble pas l'avoir entendue.

— Bonjour ! dit Alice.

La femme lève les yeux, fronce les sourcils. Que lui veut cette jeune Blanche ? Il lui semble bien ne l'avoir jamais vue au village.

La vieille est courte et grasse. Ses cheveux blancs, mi-longs, sont coiffés en tresses. Un mégot de cigarette pend au coin de sa bouche. Elle porte une jupe fleurie aux couleurs vives qui lui arrive en bas des genoux, une veste de lainage marine, des espadrilles. Elle marche en s'appuyant légèrement sur un bâton.

La vieille présume que la fille est soit une « Témoin de Jéhovah », soit quelqu'un qui effectue une enquête. Elle sait déjà qu'elle ne répondra pas à ses questions. Mieux : elle feindra de ne pas comprendre le français. Cette pensée la fait sourire. Elle a toujours aimé jouer ce genre de tours aux Blancs.

— Bonjour! dit Alice encore une fois.

La vieille jette un coup d'œil rapide vers elle. Rendue à sa hauteur, elle lève la tête et la regarde de ses yeux noirs perçants.

— Êtes-vous Lucy? demande Alice.

La femme ne répond pas.

— Une parente de la famille Awashish?

Toujours pas un mot.

— Je suis Alice, la fille d'Isaac.

Le regard de Lucy change subtilement, s'adoucit. Le simple fait d'entendre le nom d'Isaac semble la remplir d'un sentiment mêlé de joie et de tendresse. Elle tend la main à Alice.

— Je suis la cousine de ta grand-mère Agnès.

Elle ajoute, au cas où la fille aurait l'intention de la chasser, pour l'obliger à aller vivre à la réserve:

— C'est chez moi, ici.

— Je ramène mon père chez lui, dit Alice.

Lucy se réjouit à l'idée de voir Isaac.

— Où il est? demande-t-elle.

D'un mouvement de la tête, Alice indique le sac de voyage qu'elle a posé par terre.

— Là.

La vieille regarde le sac, regarde Alice. Elle ne comprend pas. Elle se sent mal. Elle sait qu'il ne se passe rien de bon. Alice se penche, ouvre le sac et en sort l'urne mortuaire.

— Isaac…

Le ton et le regard de la vieille sont sans équivoque sur la douleur qu'elle ressent. Lucy jette son mégot par terre, monte les marches du perron, entre dans la maison. Alice reste seule à l'extérieur, perplexe quant à la suite des événements, à genoux par terre, l'urne à ses côtés.

Après quelques instants, la vieille Lucy apparaît dans l'entrebâillement de la porte.

— Entre !

Alice, gênée, ouvre la porte, mais demeure sur le seuil. La vieille bardasse un peu, ouvre un tiroir, prend deux tasses dans l'armoire.

— Ferme donc la porte. Y a des mouches, dit-elle.

Alice dépose l'urne et le sac sur la table, ferme la porte moustiquaire. Elle se trouve dans une cuisine bien rangée, avec un poêle à bois et son long tuyau qui traverse la pièce, une cuisinière au gaz, un bidon d'eau sur le comptoir, une photo du pape sur le mur, une image de la Vierge Marie, un calendrier avec un paysage nordique, de jolis rideaux à carreaux rouges et jaunes aux fenêtres.

Lucy prend la théière sur le feu, remplit une tasse. Puis, elle se tourne vers Alice et elle regarde l'urne sur la table.

— Isaac est pas rentré dans cette maison depuis des années. Je l'aimais comme mon fils. T'as bien fait de le ramener ici. Mais t'aurais pas dû le faire brûler. C'est pas dans nos coutumes, ça.

Alice ne sait pas quoi dire. Elle ne sait rien des coutumes, de toute façon. Elle a soif.

— Est-ce que je peux avoir un peu d'eau ?

— Oui, oui. Y a du thé, si tu veux.

— Je préfère de l'eau.

La vieille s'empresse de prendre un verre dans l'armoire et de le remplir avec l'eau du bidon.

— Isaac est mort comment ? demande-t-elle.

— Le foie. Une cirrhose.

La vieille femme hoche la tête négativement.

— Maudit poison de la bouteille, dit-elle.

Sans rien rajouter, elle prend sa tasse et quitte la pièce. Alice demeure là, déconcertée quelques instants. Puis, elle rejoint la femme.

Lucy est assise dans un fauteuil, en face de la fenêtre, le regard tourné vers l'extérieur.

— La dernière fois que j'ai vu ton père, c'était aux funérailles de ton oncle qui s'est suicidé, dit Lucy.

— J'ai un oncle qui s'est suicidé?

— Oui, oui. Paul.

— Mon père m'avait dit que c'était un accident.

Lucy hausse les épaules.

— Un accident! Non, non. Il s'est pendu.

L'angoisse au fond du ventre d'Alice reprend vie. Il existe donc un mal familial, génétique, transmissible.

— Mon père aussi s'est suicidé. En buvant, dit Alice.

Lucy fait comme si elle cassait quelque chose en deux avec ses mains.

— La vie leur a broyé les os! Je me demande comment ça se fait que moi, je sois encore vivante.

À entendre la vieille femme, on pourrait croire qu'ils ont connu la guerre, les camps de concentration, la famine. Alice ne sait presque rien d'eux. Isaac ne parlait ni de lui ni des autres. Il ne parlait pas, point. Sauf quand il était saoul. Mais alors, Alice préférait ne rien entendre. « Que la vie l'ait maltraité un peu ou beaucoup, se dit-elle, ça ne l'excuse pas pour ce qu'il m'a fait subir à moi, sa fille. »

— As-tu parlé à tes tantes? lui demande la vieille.

— Mes tantes! Non! Ça fait vingt ans que je les ai pas vues.

— L'enterrement est pour quand?

— J'ai pas prévu d'enterrement.

— Qu'est-ce que tu comptes faire?

— Jeter ses cendres quelque part.

— Ça se fait pas, ça. Les morts doivent être enterrés. Faut voir le prêtre.

— Mon père était pas croyant.

— Il le faut. Jésus va l'accueillir dans son paradis.

Alice non plus n'est pas croyante. Elle se moque bien de toutes ces inventions. Et que cette femme croie que son père puisse être dans un quelconque paradis lui donne envie de rire.

Lucy n'est pas contente du tout. Il n'est pas question de laisser faire la fille. Isaac est mort, Isaac sera enterré. Son voyage vers l'au-delà et sa réunion avec les ancêtres en dépendent. Les rituels anciens et les rites catholiques s'entremêlent déjà depuis longtemps, et Lucy s'accroche à ses croyances, les yeux fermés et avec dévotion. Sans rien dire, elle se lève et retourne à la cuisine.

À la table, Lucy roule des cigarettes à l'aide d'une petite machine. Alice s'assoit près d'elle. Elle a envie d'en finir au plus vite, mais elle ne veut pas trop la brusquer. Vieillesse oblige.

— Je vais téléphoner à tes tantes pour qu'elles viennent, dit Lucy.

— Mon père a fini sa vie tout seul. Qu'est-ce que ça va changer que la famille soit là?

— Isaac peut pas partir comme ça...

Lucy allume une cigarette. Alice fouille dans son sac, sort son paquet, s'allume à son tour.

— Tu peux t'installer dans la chambre du fond, dit Lucy.

— J'ai pris une chambre à l'hôtel.

— Tu vas rester combien de jours?

— Demain midi… Je reprends le train. La salle de bain?

— C'est brisé, il faut que t'ailles dehors. Prends le sentier à droite en sortant.

Alice se lève.

— Demain, c'est trop vite, dit la femme. Si tu pars demain, laisse-moi les cendres.

Alice n'avait pas pensé à cette possibilité. Elle est mal à l'aise. Elle devrait pourtant se sentir soulagée par la proposition de la vieille, débarrassée du poids de son père. Elle sort sans répondre.

Alice ouvre avec appréhension la porte de la bécosse. L'endroit est sombre et couvert de fils d'araignées. Si elle referme la porte, elle ne verra plus rien. « Maudit coin perdu », se dit-elle.

De retour à la cabane, Alice voit Lucy en train de balayer, un mégot au coin de la bouche. Elle remet l'urne dans le vieux sac. Lucy ne dit rien. Elle ne peut pas obliger la fille à rester, ni même à lui laisser les cendres. Elle se sent lasse, alourdie par le poids des ans. Une vive douleur dans ses os. Elle craint que le sang dans ses veines ne circule pas comme il faut.

— Est-ce que je peux téléphoner? demande Alice.

— Y a pas de téléphone ici.

— Ça veut dire que pour retourner au village, il faut que je marche?

— C'est ça.

Alice prend le sac. Lucy pense que c'est peut-être la dernière fois qu'Isaac est auprès d'elle.

— Je veux réfléchir, dit Alice en sortant de la cabane.

Lucy reprend espoir. Il y a encore une chance que la fille reste. À travers la moustiquaire, elle regarde Alice qui s'éloigne dans le chemin de terre, avec Isaac, en cendres, dans le vieux sac.

Le retour au village semble plus rapide à Alice. C'est la fin de l'après-midi. Il y a de l'achalandage près du magasin général et plusieurs véhicules sont stationnés devant le Moose. Une musique country provient de l'intérieur. En approchant, Alice remarque les deux enfants du train assis sur les marches. Le bébé est dans une poussette. Le garçon fume une cigarette. Il a la même mallette de vinyle noire avec lui. La petite sourit en voyant Alice.

— Salut! lance Alice.

Le garçon lui jette un regard noir, crache devant lui. Alice le trouve mal élevé. Elle passe à côté d'eux, ouvre la porte qui mène à la réception et au bar et entend des rires, des éclats de voix et le son des boules de billard qui s'entrechoquent. On dirait que tout Mékiskan s'est donné rendez-vous dans la grande salle. Ils doivent être tous là. Comme s'il y avait trop d'espace, trop de forêts, trop de lacs, trop d'air et qu'ils devaient, une fois par jour, retrouver leurs semblables, question de mettre à distance leur solitude et de limiter la dose d'oxygène. Alice prend l'escalier qui mène aux chambres.

Assise dans la pénombre, elle fume cigarette sur cigarette. La musique en provenance du bar est infernale. Sur la commode, en face d'elle, l'urne mortuaire. Juste à côté, les restes de son souper. Impossible de se relaxer, encore moins de dormir. Alice se sent stupide d'être là, d'avoir fait le voyage pour se retrouver dans cet endroit sordide. Un tourbillon d'émotions en elle : non, elle ne va pas laisser les cendres à la vieille femme, elles sont à elle, Alice. Personne ne s'en occupera à sa place. C'est peut-être irrationnel, mais c'est ainsi. Elle pourrait rester quelques jours de plus, question de trouver le meilleur endroit pour les disperser ou de laisser le temps à la vieille femme d'organiser des funérailles. Des funérailles ! Quelle utilité ? Mais cela lui permettrait de voir sa famille. À condition qu'elle vienne, bien entendu. Pourquoi ses oncles et ses tantes se déplaceraient-ils pour enterrer un frère dont ils ne se préoccupent plus depuis longtemps ? Pour la voir, elle ? Elle en doute. Les rencontrer ne ferait peut-être que confirmer ce que Louise a toujours dit : « Tous aussi tarés les uns que les autres. » Alice serait encore déçue. Mais au moins, elle pourrait leur dire ce qu'elle pense. Et ce n'est pas beau.

Elle a quelques jours devant elle. Elle a demandé une semaine de vacances, et Lisette, la patronne du salon de coiffure, a accepté.

Dans la chambre d'à côté, les clients parlent fort. « Ils vont être sur le party toute la nuit », pense Alice. Elle ramasse ses vêtements, l'urne, le vieux sac et elle descend. La salle est pleine de monde et de fumée de cigarettes. La loi antitabac n'a pas encore atteint ce « nowhere ». Elle s'assure qu'elle a bien la carte de Priscille, dans sa poche, avec le numéro de téléphone du taxi, puis elle sort vérifier l'horaire des trains, à la gare. Elle respire un bon coup. L'air frais et pur lui fait du bien. Il reste quelques lueurs rouges dans le ciel nordique. Encore plus de véhicules tout-terrains et de camionnettes sont garés devant le Moose. « Ici, personne ne marche ou ne roule à vélo, se dit Alice. Les distances sont trop grandes, les routes trop désertes, il y trop de mouches noires et de maringouins, trop d'ours en liberté. »

Par le rétroviseur latéral de son taxi stationné devant la petite gare, Priscille voit Alice marcher dans sa direction avec ses bagages. Elle se demande pourquoi la fille quitte l'hôtel alors que la soirée est encore jeune. Elle la voit se heurter à la porte cadenassée de la gare, puis monter dans son taxi. Elle démarre.

Le taxi roule un moment sur le chemin de terre. La nuit noire est tombée et Alice ne distingue plus rien.

— Tu veilles pas à l'hôtel ? demande Priscille.

— Non.

— Es-tu de la famille Awashish ?

— Oui.

— T'es la fille de qui ?

— Isaac.

— Comment il va, le beau Isaac ?

Alice hésite, ne dit rien. Elle jette un coup d'œil au sac sale posé à côté d'elle.

— Ça fait longtemps qu'on l'a pas vu dans le coin, poursuit la femme.

Alice ne répond toujours pas.

— Est-ce qu'il est toujours dans la grande ville ? Aux dernières nouvelles, il allait pas tellement bien...

Priscille jette un coup d'œil à Alice dans le rétroviseur et constate que la fille n'est pas contente.

— Ici, c'est une petite place. Les gens se connaissent tous. Ils aiment les potins, dit la femme.

— Vous avez rien d'autre à faire ?

— T'as tout compris.

La femme sourit. L'atmosphère s'allège un peu.

— Mon père, dans son temps, a bien connu ton grand-père, ta grand-mère et la vieille Lucy. Il les amenait souvent dans son taxi. J'ai repris sa business l'année passée : taxi de père en fille !

Autre coup d'œil vers Alice, qui semble intéressée.

— Avant, ça marchait fort : le moulin à bois, les commerces. Mais c'est fini, ce temps-là. Ils ont coupé tous les arbres, pis y a plus de travail, tout le monde est parti. On vit dans un village fantôme. Il reste seulement les irréductibles comme moi et quelques Indiens. Avec les touristes, les clients de la pourvoirie, les travailleurs saisonniers qui replantent la forêt, les affaires sont assez bonnes.

— Les maisons, en face de l'ancien moulin à bois, est-ce qu'elles existent encore ?

— Non, elles ont toutes été démolies. C'est là que vous restiez, hein ?

— Oui. Le prochain train pour Montréal, il est quand ?

— Demain midi.

— Et le suivant ?

— Le train redescend une fois par semaine. Mardi prochain. Tu prends des vacances dans le coin ?

Alice hésite un peu.

— Oui, c'est ça.

Alice se penche à la fenêtre. Les phares du taxi éclairent la cabane. Le petit chien, couché sur le perron, se lève et jappe. Lucy apparaît à la fenêtre, en robe de nuit, les tresses défaites.

La vieille femme est rassurée de voir Alice. Lorsque le taxi vient chez elle, d'habitude, c'est pour ramener sa fille

Jeannette en état avancé d'ébriété. Elle ouvre la porte. Alice est devant elle avec le vieux sac.

— T'as changé d'idée ? demande-t-elle.

— Je suis pas venue ici pour amener mon père à l'hôtel.

— Ben, entre. T'es ici chez toi. Tu peux rester le temps que tu veux. Isaac va être mieux à la maison.

Lucy tend les mains vers le sac ; Alice le lui donne. La vieille en sort l'urne mortuaire qu'elle va déposer dans le salon, sur le téléviseur, où elle la contemple un moment.

Comme tous les soirs, Lucy récite sa prière, à genoux. Puis elle remercie Dieu d'avoir exaucé sa demande : que la fille revienne avec Isaac.

Isaac était son presque fils. Elle l'aimait depuis qu'il était au monde. C'est elle qui a aidé Agnès à accoucher. Il faisait très chaud cet été-là. Johnny et elle vivaient dans une tente, à côté de la cabane, où embaumait le sapinage disposé par terre. C'était la première fois que Lucy assistait une femme, et elle-même n'avait pas encore eu d'enfants. Mais elle avait bien observé la vieille qui avait aidé sa mère à accoucher des plus jeunes. C'était une très vieille femme, très savante de tout : des plantes, des animaux, des vents, des rivières, des chants, des histoires, de la vie, de la mort, des esprits des hommes comme de ceux des animaux. Elle marchait le dos courbé, elle n'avait plus de dents et elle portait des vêtements usés. Elle ne souriait jamais et son regard était sévère. Les enfants avaient peur d'elle, mais elle n'était pas méchante. Elle savait ce qu'elle avait à faire et personne n'avait avantage à se mettre en travers de son chemin. Gare aux coups de bâton !

La nuit de la naissance d'Isaac, Lucy a pensé à cette très vieille et elle s'est souvenue des gestes à faire et des précautions à prendre. Lucy revoit l'expression de frayeur sur le visage d'Agnès qui souffrait, ses cuisses ouvertes et le liquide qui coulait sur la couverture. Elle se souvient aussi des odeurs, celle du sang et celle de l'enfant.

Alice observe la pièce. C'est une petite chambre, rangée, avec un lit double recouvert d'une courtepointe, une commode en bois sur laquelle il y a un vase avec des fleurs poussiéreuses en plastique, un panier à ouvrage, un miroir ébréché et terni, un cadre avec une photo d'Elvis. Alice ouvre la porte de la penderie : quelques cintres. Sur le sol, une boîte de carton. Elle ouvre les tiroirs de la commode. Le premier est vide. Dans le deuxième, il y a des retailles de tissus. Une souris sort son nez, s'enfuit. Alice sursaute, recule et grimace. Elle ne touche plus à rien, ne referme surtout pas le tiroir. Elle s'étend dans le grand lit. Des pensées se bousculent dans sa tête. Il faudrait qu'elle se réveille tôt pour disperser les cendres au bord de la rivière, puis qu'elle coure prendre le train de midi. Non, elle reste.

3

Aux premières lueurs de l'aube, Lucy se lève. D'abord, elle met le thé à chauffer. Lorsqu'il fait froid ou qu'il y a trop d'humidité, elle allume un petit feu dans le poêle à bois. Même l'été. Mais aujourd'hui, l'air du matin est déjà chaud. La nuit n'a pas réussi à chasser la chaleur lourde de la veille. Assise dans son fauteuil, près de la fenêtre, elle regarde percer la lumière du jour à travers les arbres de la forêt. Puis, comme tous les matins, l'envie de fumer lui vient. Alors, elle sort. Elle libère le chien et le nourrit. La nuit, le chien demeure attaché, car il a déjà dévoré une poule et quelques lapins chez le voisin, qui a menacé de l'abattre. Lucy s'assoit dans les marches du perron, prend quelques bouffées de tabac. Ensuite, elle examine les alentours, à la recherche de traces du passage d'animaux durant la nuit. Parfois un ours rôde. Elle a déjà vu les empreintes des sabots d'un orignal. Le plus souvent, c'est le porc-épic qui vient près de la cabane, ou la mouffette.

Habituellement, le reste de la journée se déroule sans trop de surprises. C'est ainsi qu'elle aime la vie maintenant. Plusieurs fois par jour, elle se rend puiser l'eau utile à la rivière. Autrefois, elle allait aussi à la source, pour l'eau à boire, mais maintenant elle se résigne à boire l'eau de la rivière qu'elle fait bouillir. Elle préfère l'eau qui sort de la terre et qui coule entre les roches, plus fraîche et plus pure, mais marcher jusqu'à la source et revenir avec le bidon

rempli est devenu très fatigant. En saison, elle fait la cueillette des petits fruits et des herbes médicinales. Elle piège
encore le lièvre, mais plus le rat musqué. Elle cuisine, nettoie la maison. Seulement le nécessaire. Le reste du temps,
elle reste assise dans son fauteuil. Elle ne coud presque plus,
à cause de ses yeux et de l'arthrite dans ses doigts. Elle
apprécie la vie paisible. Elle n'a besoin de rien. Sauf qu'on
l'aide avec la cabane, qui montre plus de signes de vieillesse qu'elle-même, et qu'on lui apporte de la viande sauvage, du gros gibier : ours, orignal, caribou. Mais il semble
que personne ne se soucie plus d'une vieille comme elle.
Ou si peu. Une fois par semaine, le dimanche, elle va au
village, à pied. D'abord à la messe, puis au magasin général. Elle revient en taxi.

Lucy examine les bouquets d'herbes, celles qui servent
à guérir, mises à sécher sur le côté de la cabane, du côté du
soleil. En même temps, elle réfléchit à tout ce qu'elle aura
à faire pour préparer les funérailles d'Isaac. Si la fille reste,
bien entendu, ou si elle lui laisse les cendres. Elle sera fixée
à ce sujet dans quelques heures, au réveil d'Alice.

D'abord, il faudra parler au prêtre qui n'est pas toujours à Mékiskan parce qu'il officie dans les villages situés
le long de la voie ferrée, y compris dans la réserve. Ensuite,
elle appellera les sœurs d'Isaac. Il lui faudra préparer la
nourriture, nettoyer la maison. Il lui reste un morceau
d'orignal à cuire. Elle pourrait tenter d'attraper les perdrix
qu'elle a entendues dans le sous-bois près de la cabane, elle
ira aux bleuets, dans le bûcher, puis elle cuira des tartes ; elle
pourrait pêcher. Elle a aussi dans l'idée d'aller au campement de Katrin et de Walter pour les avertir. Les prochains
jours seront bien remplis.

Étrangement, Lucy se sent pleine d'une énergie nouvelle. Passant devant une vieille motoneige abandonnée, elle entend du bruit. Des voix. Elle lève les yeux. Les sons se rapprochent. S'assurant de ne pouvoir être vue, elle fait quelques pas en direction de l'allée. Il vaut toujours mieux voir venir. Puis elle aperçoit, montant la côte, ses petits-enfants, Samuel et Minnie, qui viennent vers la maison. Samuel tient le bébé dans ses bras, tandis que Minnie tire la poussette vide. Lucy presse le pas pour aller à leur rencontre. Elle se réjouit de les voir, mais elle sait trop bien ce que signifie l'absence de leur mère. Minnie se jette dans les bras de sa grand-mère. Samuel la salue d'un mouvement de la tête. Lucy prend le petit enfant des bras du garçon.

— As-tu le biberon ? demande la femme.

— Oui.

❖

Alice dort. Minnie grimpe sur le lit et se penche vers elle. Elle a de petits yeux bridés sous de petites lunettes. Elle touche du bout de ses doigts menus le visage d'Alice. Alice ouvre les yeux. Elle reconnaît la petite qui était sur le train et qu'elle a revue la veille dans les marches du Moose. Minnie lance un cri et se précipite hors de la chambre.

— Elle est réveillée, elle est réveillée !

Alice s'étire, se lève, s'habille, se souvient de la souris, ne touche pas à la commode. Elle regarde l'heure à sa montre. Dix heures. Elle se rend à la cuisine.

Minnie et Samuel mangent à la table les sandwichs que leur grand-mère leur a préparés, tandis que celle-ci lave la vaisselle.

— Ils étaient sur le train avec moi ! dit Alice.

La vieille qui besogne, maussade, lui jette un coup d'œil rapide. Elle s'arrête un moment.

— C'est les enfants de Jeannette, ma plus jeune. Lui, c'est Samuel et elle, c'est Minnie. Mais je l'appelle *Apoukshish*. Quand Jeannette vient au village, elle me les laisse. Je suis bien trop vieille pour garder des enfants !

La petite regarde sa grand-mère. Samuel ne bronche pas. Lucy indique à Alice un morceau de bannique sur le comptoir.

— Sers-toi. Y a du thé.

Alice prend une tasse dans l'armoire, puis un morceau du pain amérindien.

— Est-ce que je peux prendre une douche ? demande Alice.

Lucy hausse les épaules et hoche la tête tout en prenant un air exaspéré. Elle indique à Alice une chaudière près de la porte.

— Si tu veux te laver, il faut que t'ailles chercher l'eau à la rivière.

Lucy se dit que la fille de la ville ne sait pas ce que c'est que d'avoir la tuyauterie brisée et personne pour y voir. Elle prend les assiettes vides des enfants sur la table. Alice regarde la petite avec un sourire.

— Qu'est-ce que ça veut dire Apouk… shish ? demande-t-elle.

— Souris, répond Minnie.

— Ah oui ? dit Alice. Parlant de souris… Dans la chambre, dans un tiroir… Hier soir, j'en ai vu une, ajoute-t-elle l'air dégoûtée.

— Tu pouvais pas le dire avant ? ! Penses-tu qu'on veut être envahis par des apoukshishs ? ! s'exclame Lucy.

Elle s'essuie les mains, prend le balai rangé dans un coin de la cuisine, part vers la chambre en grommelant. Alice pense que la vieille est malcommode et qu'elle devrait peut-être déguerpir de là. Quitte à lui laisser les cendres.

— *Nèhè wamiistikosh'iskew è koushtew apoukshissa! Chi koustouk*[1]*!* dit Samuel à sa petite sœur qui ricane.

Alice comprend que les enfants rient d'elle. Un bébé pleure dans une chambre. Samuel se lève et se dirige vers l'arrière de la maison.

Alice emprunte le sentier aux hautes herbes qui mène à la rivière. Des objets sont abandonnés ici et là, comme s'ils avaient été jetés et qu'avec le temps ils avaient pris racine. Une vieille motoneige, une baignoire, une cuve en métal, des pièges… Un vélo d'enfant est appuyé contre un arbre.

Pieds nus sur des rochers, Alice s'accroupit et plonge un seau dans l'eau noire dont l'odeur vaseuse emplit ses narines. Des libellules aux ailes irisées volent à la surface. Une chaloupe rouge est amarrée et tangue sous le souffle du vent. Alice réalise qu'elle est bel et bien rendue dans ce lieu mythique, source de toutes les douleurs et de tous les dangers. Elle devrait se sentir effrayée mais, au contraire, elle a le sentiment d'être en sécurité. Comme si les arbres, la rivière, le ciel et le vent léger l'enveloppaient et la protégeaient.

Alice peine pour revenir à la maison, avec le lourd seau qui déborde. Elle doit s'arrêter plusieurs fois pour chasser la nuée de moustiques qui bourdonnent autour d'elle et qui l'attaquent. Elle peste.

---

1. La Blanche a peur des petites souris! Elle a peur de toi!

Samuel sort de la maison, il voit bien Alice qui arrive par le sentier, qui s'arrête et qui repart, qui balaie l'air avec ses mains. Mais il passe son chemin sans l'aider, sans lui adresser la parole ni même la regarder.

Lucy, dans la chambre, essaie d'endormir le bébé en lui donnant un biberon de lait chaud. La petite Minnie est auprès d'elle et caresse tendrement la tête du petit. La vieille femme se demande comment elle va s'y prendre pour organiser les funérailles d'Isaac et préparer le festin tout en s'occupant de trois enfants! Sans compter la fille! Celle-là ne sait sûrement rien faire. Il faudrait tout lui montrer. Alice apparaît dans l'entrebâillement de la porte. Lucy et Minnie lèvent les yeux vers elle.

— Je vais rester. Est-ce que ça vous va toujours? demande Alice.

Lucy regarde Alice, sourit légèrement, puis elle regarde le bébé qui rechigne un peu.

— Le bébé va dormir, ensuite on ira au village. Voir le prêtre, dit-elle.

Dans le fond d'elle-même, Lucy jubile. Malgré tout le travail à effectuer et la présence des enfants, malgré sa fatigue, son âge, ses courbatures.

Alice fait chauffer l'eau, puis elle la verse dans le lavabo de la salle de bain; de la vapeur s'en échappe. Nue devant le miroir, elle se savonne. Elle imagine un instant la réaction de Marie quand elle va lui raconter ce qu'elle vit, la cabane, la vieille femme, les enfants, les souris, pas d'eau courante, la bécosse. Elle rigolera bien, la Marie.

En se lavant le sexe, Alice pense à la petite chose qui pousse à l'intérieur de son ventre. Cette pensée lui enlève sa bonne humeur. Alice n'a pas encore passé de test de grossesse, mais ses règles ne sont pas arrivées le mois dernier. Elle a dans sa tête l'image d'un têtard gluant, à la peau translucide, à la tête plus grosse que le reste.

❖

Quelques heures plus tard, Lucy, Alice, le bébé dans une poussette et Minnie s'apprêtent à partir, à pied, vers le village. Lucy porte sa grosse jupe fleurie, son gilet de laine, un fichu sur la tête, un sac en bandoulière, des lunettes de soleil. Elle marche en s'appuyant sur son bâton. Alice se dit que ça va leur prendre des heures.

— Le camion marche pas ? demande-t-elle.

— Est-ce que je connais ça, moi ! répond Lucy, qui retourne aussitôt à la cabane et en revient avec des clés qu'elle tend à Alice.

— Si tu veux t'essayer ! Ton oncle Willie le prend, des fois, quand il vient dans le coin. Sais-tu conduire, au moins ?

Lucy regrette de ne pas avoir appris à conduire. Il est trop tard maintenant, comme pour bien des choses : aller voir le pape ou monter dans un bateau gros comme un édifice. Elle a rêvé pendant assez longtemps à ces choses improbables. Mais maintenant, la vie au jour le jour lui suffit. Que les petits soient épargnés. Voilà ce qu'elle veut. Voilà pourquoi elle prie, pourquoi elle reste en vie. Elle pense toutefois que si jamais la fille réussit à démarrer le vieux camion, elle lui demandera de l'emmener au dépotoir. Cela fait des années qu'elle n'y a pas mis les pieds ; elle y dénichera sûrement quelque chose d'utile.

Alice observe le vieux camion. Les pneus ne sont pas crevés, les portes sont déverrouillées. Elle tourne la clé dans le démarreur. Le moteur gronde, puis s'éteint. Le niveau de carburant est à zéro.

Alice revient près de la petite troupe qui attend.

— On va rapporter de l'essence du village, dit-elle.

C'est une journée chaude et humide. Lucy doit s'arrêter souvent pour souffler et essuyer la sueur sur son visage. Alice espère que Priscille va passer par là. Samuel, à bicyclette, transportant sa mallette de vinyle noire, les dépasse. La vieille femme fait une pause, regarde son petit-fils qui file devant. Puis elle repart. Alice pense qu'elle aime bien ce silence ou plutôt cette économie de mots, de sons, de bruits. Elle avance en regardant fixement la route qui s'étend devant elle à travers la forêt d'arbres rabougris. Elle a le sentiment étrange qu'elle marche sur ce chemin de terre, avec la petite Minnie, le bébé et la vieille femme, depuis des centaines d'années et qu'elles continueront ainsi, sans s'arrêter, sans destination à l'horizon.

Après environ quarante-cinq minutes et des dizaines de piqûres de moustiques, la vieille s'assoit sur un rocher en bordure de la route. Elle sort une écuelle de son sac. Minnie amuse le bébé en faisant toutes sortes de grimaces avec sa bouche et en lui soufflant dans le cou.

— Apoukshish, va chercher un peu d'eau, dit la femme.

La petite prend l'écuelle, disparaît derrière les épinettes.

— Où elle va ? demande Alice.

— Y a une source par là, répond Lucy.

Lucy chasse les moustiques avec une branche de saule. Alice l'imite. La petite revient avec l'eau. Lucy donne à boire aux filles et au bébé, puis elle boit le reste.

Elles repartent. Une camionnette passe à côté d'elles en soulevant un nuage de poussière. Lucy maugrée. Puis, en haut d'une côte, le village apparaît. Au même moment, comme si les événements étaient chorégraphiés, le train entre en gare. « Mon train, se dit Alice. Je suis certaine que je vais le regretter, la semaine va être longue. » La vieille femme n'ose ni parler à Alice ni même tourner les yeux vers elle. « Surtout, que la Blanche ne change pas d'avis », pense-t-elle.

Elles traversent le village en direction de la petite chapelle. Alice remarque que les gens qu'elles croisent les regardent, mais que personne ne les salue. Lucy, quant à elle, ne regarde personne.

Lucy se réjouit intérieurement, car la camionnette du père Legendre est stationnée devant la chapelle. Le prêtre sillonne la région, en empruntant les chemins ouverts par la compagnie forestière pour le transport du bois, et il est rarement à Mékiskan, sur semaine. Elles entrent. Une forte odeur d'humidité saisit Alice à la gorge. Quelques rangées de bancs de bois, un petit autel. Malgré son extérieur délabré, la chapelle est bien propre à l'intérieur. Alice remarque une Vierge vêtue d'un manteau, probablement en peau d'orignal. Lucy s'agenouille au milieu de l'allée, se signe, baisse la tête. Minnie imite sa grand-mère. Un homme âgé, le teint rougeaud, sort d'une pièce située à l'arrière de l'autel et s'approche des femmes. Lucy s'agrippe à Alice pour se relever. L'homme est souriant. Il tend la main à Lucy et s'adresse à elle en cri. Lucy lui dit quelque chose à son tour, puis l'homme tend la main à Alice.

— Mes condoléances, dit-il.

— Merci.

— Nous allons faire les funérailles lundi prochain. Est-ce que ça vous convient ?

Alice ne répond pas. Lucy hoche la tête positivement.

— Oui, oui.

Alice se demande ce qu'une cérémonie religieuse va changer à la situation d'Isaac, mort et réduit en cendres depuis une semaine.

— En attendant, nous allons prier pour son âme, dit le prêtre.

Alice imagine l'âme d'Isaac, une forme évanescente, un fantôme ondoyant autour d'eux, piégée dans l'atmosphère, en attente de prières pour monter au ciel. « Nous avons donc droit à un billet de passage si quelqu'un prie pour nous, même si nous avons été un démon toute notre vie. C'est ça, la justice divine », se dit Alice, qui ne croit en rien de tout cela. Pour elle, la mort entraîne la fin de tout. Si la vie est effrayante avec son lot de catastrophes, de maladies, de malheurs, la mort l'est encore plus. À cause du vide, du noir, du rien. Alice songe qu'elle rendrait service à la chose qui pousse en elle si elle lui épargnait vingt ans, cinquante ans ou même quatre-vingts ans de peines inutiles.

Le père Legendre les reconduit à l'extérieur. Minnie attend, assise dans les marches avec le bébé tout en regardant Samuel faire des prouesses en vélo devant elle.

— Dieu vous bénisse.

Puis, regardant Alice avec intensité.

— Courage.

Alice lui sourit timidement. Elle ne sait pas quoi répondre. Du courage, c'est quand Isaac était vivant qu'elle en avait besoin.

Elles marchent vers le petit cimetière, à proximité de la chapelle, à l'orée de la forêt. Samuel les accompagne en vélo. Le terrain est incertain, et la vieille femme a de la difficulté à marcher. Elle s'appuie au bras d'Alice et sur son bâton. Le cimetière du village est à l'abandon, comme le reste. Quelques pierres tombales, quelques croix de bois dans de petits enclos ceinturés de clôtures dont la peinture a disparu, des fleurs en plastique. Les croix comportent des inscriptions en syllabique. Lucy cherche un peu. Puis, elle indique à Alice un enclos. Samuel pourchasse à vélo sa petite sœur qui court parmi les pierres tombales en criant.

Lucy baisse la tête et elle prie tout bas. Après un moment, elle indique une croix.

— Ta grand-mère, ton grand-père. C'est là qu'on va enterrer ton père, et tout son malheur avec lui.

Lucy pointe une autre croix avec son bâton.

— T'as un oncle, là. Il est mort d'une méningite, il était tout petit.

Elle serre le bras d'Alice très fort.

— Là, mon fils Albert, ma fille Laurie. J'ai bien failli mourir de peine. Quand ton enfant meurt, c'est dur, ça fait très mal. Faut que tu le laisses dans un trou de terre, puis toi, t'es morte en dedans, mais tu dois continuer.

Alice est troublée par les paroles et l'émotion de la femme. Elle pense que la vie n'a pas été bonne pour Lucy. Elle se demande comment cette dernière a pu ne pas sombrer, elle aussi, dans les abîmes d'une dépendance quelconque.

— Paul est ici...

Alice l'interroge des yeux.

— Paul a toujours eu des problèmes, il est allé en prison... Il a pas eu de chance...

Lucy ramasse les restants des bouquets artificiels et elle les donne à Alice. Puis, elle s'agenouille et elle entreprend d'enlever les herbages qui ont envahi le pourtour des croix. Elle aime bien cet endroit et elle a presque hâte d'y être couchée, elle aussi. Elle a la conviction qu'Isaac y sera bien. En cendres, mais tout de même là, avec les autres, dans la terre.

❖

En repassant au village, Lucy entre dans la cabine télé-phonique située à côté du magasin général. Alice, Minnie et le bébé l'attendent dans les marches. Lucy doit mainte-nant annoncer la mort d'Isaac à ses frères et sœurs et invi-ter les membres de la famille élargie aux funérailles.

— Va chercher ta mère, je veux lui parler, dit Lucy à la fille de Joséphine, l'une des sœurs d'Isaac.

Tandis qu'elle patiente, elle aperçoit, à travers la vitre, Samuel qui s'éloigne en vélo. En elle, une inquiétude. Une douleur. Elle souhaite tellement que les petits soient sauvés. Elle prie tous les jours pour que Jeannette entende raison, pour que Samuel s'apaise, pour que Minnie demeure joyeuse et pour qu'on ne place pas le bébé dans une famille d'accueil. Ni Jésus ni *chew Mandou*[1] n'ont encore accédé à ses prières. C'est sûrement sa faute à elle. Car il y a long-temps, elle a bu. Et elle a fait endurer le pire à ses enfants. Heureusement, cela n'a pas duré.

Son réveil a eu lieu durant une nuit semblable à beau-coup d'autres. Les hommes étaient revenus du village avec des bouteilles de fort. Johnny avait sorti son violon. À cette époque, Lucy aimait danser, elle aimait rire, elle aimait sen-

---

1.   Le Grand Esprit.

tir sa tête tourner. Mais la joie ne durait pas. Les nuits de beuverie s'achevaient dans la désolation. Cette fois-là, comme à l'accoutumée, ils ont bu toute la nuit. À l'aube, elle s'est réveillée étendue par terre dans le sentier aux hautes herbes. De la pisse sur ses jambes et sur sa jupe. Elle entendait Antoine, saoul, crier fort après Agnès dans la cabane. Elle ne savait pas où était son Johnny. Après avoir ramassé ses forces et réussit à se relever, elle a titubé jusqu'à la tente, a soulevé le pan de toile blanche. Les enfants ne dormaient pas. Ils étaient agglutinés les uns aux autres et ils tremblaient de froid. Dans leurs yeux, elle a vu la vérité : ils avaient peur d'elle, leur mère. Elle en a eu fini avec la bouteille.

Lucy a mis Jeannette en garde contre l'alcool, très jeune. Mais la fille n'entendait rien à rien. Jeannette était atteinte. « Le mal ne demande pas la permission pour agir », se dit Lucy.

C'est pour les petits que Lucy vit maintenant. Et elle restera le temps qu'il faut pour veiller sur eux. Pour le reste, sa vie est faite. Elle a connu tout ce qu'il est possible de connaître, dans son monde à elle : les campements au Nord, la vie nomade, la famine, les grands feux de forêts, le long voyage en canot pour venir à Mékiskan. Elle s'est mariée, elle a mis au monde plusieurs enfants. Elle a même vu un orignal albinos. Et aujourd'hui, elle annonce la mort d'Isaac à la famille.

Personne n'avait vu Isaac depuis plusieurs années. Et ils ne cherchaient même plus à avoir de ses nouvelles. C'était devenu trop pénible pour eux. Personne n'avait l'énergie de sauver personne. Chacun avait assez de ses propres problèmes. Il y avait une épidémie de suicides, à la réserve, et presque toutes les familles étaient touchées. Mais Lucy a la conviction qu'ils viendront tous à l'enterrement, qu'ils pleureront et qu'ils seront heureux de voir Alice.

Samuel laisse son vélo par terre. Il s'assoit dans les marches du Moose. Un couple de touristes demande à le photographier. Il hoche la tête positivement. L'homme le photographie et lui remet un dollar. Samuel ne dit rien, ne sourit pas. Il empoche, c'est tout. Samuel ne parle jamais aux touristes, jamais aux Blancs. Il ne sourit pas non plus. Pas un «merci monsieur, merci madame». Son hostilité est totale.

Samuel entre dans l'hôtel. Dans la salle, la musique et les bruits ambiants sont forts. Un homme et une femme jouent au billard. Quelques tables sont occupées par des touristes et des Amérindiens. Jeannette est assise avec son *Ihimistikshiou*, son Blanc, à une table pleine de grosses bières. Samuel sent les pulsations dans ses tempes. Il sait que d'un instant à l'autre le serveur, Charlie, va le chasser. Les enfants n'ont pas le droit de rester dans la grande salle. Samuel voudrait tuer le *Ihimistikshiou*, et tuer sa mère. Jeannette ne remarque pas la présence de son fils. Elle rit aux éclats, très fort.

Samuel enfourche son vélo. Il roule vite, très vite. Jusqu'à ce que le feu, en lui, se calme un peu. Jusqu'à ce que l'énergie s'épuise, jusqu'au pont de la voie ferrée qui traverse la rivière.

Samuel marche sur les rails. Entre les planches transversales, il voit les remous de la rivière. Il prend des cailloux dans sa poche et il les lance contre le métal. Le son strident qui rebondit en écho dans l'air répond au cri qui retentit en lui. Il grimpe sur le tablier de fer. Au plus haut du pont, alors qu'il avance au-dessus du vide, l'angoisse s'apaise un peu.

❖

Lucy sort de la cabine téléphonique. Aussitôt, Alice vient aux nouvelles.

— Ils vont venir. Ça nous laisse quelques jours pour préparer le *mukshan*, dit-elle.

Alice la regarde sans comprendre.

— Le festin d'adieu. On va le faire digne de lui. Isaac l'a bien mérité, ajoute-t-elle.

— Vous pensez ça, vous ?

Lucy regarde Alice avec étonnement.

— Bien sûr !

Alice a l'impression de s'être fait avoir. Un festin maintenant ! Elle ne se souvient pas qu'Isaac lui ait préparé un seul repas. Peut-être quelques-uns. Mais pas plus, et cela, il y a bien longtemps.

À l'épicerie, ou plutôt au magasin général, Alice n'en croit pas ses yeux. Des hameçons de toutes les grandeurs, des mouches de toutes les couleurs, des cannes à pêche, des fusils de chasse, des bottes et des manteaux d'hiver, des marteaux, des scies à chaîne, des tampons et du papier hygiénique, un comptoir réfrigéré contenant du poulet sur-gelé et de la crème glacée, du café instantané, du pain blanc, des pots de confitures, du saindoux, de la farine, du sucre, des retailles de tissus et même des poêles au propane et de l'équipement de camping sont vendus dans ce commerce exigu. Les allées débordent et les murs sont couverts d'étalages tout aussi remplis. L'un d'eux propose une demi-douzaine, au moins, de variétés d'insecticides! Aucun fruit ou légume frais. De la bière, beaucoup de bière dans un entrepôt réfrigéré, à l'arrière. Alice prend un carton de lait, un pot de jus d'orange. Lucy s'est arrêtée et elle examine attentivement le dos d'une boîte de mélange à gâteau au chocolat.

— Regarde donc s'il y a du sucre dans ça, dit-elle à Alice qui arrive près d'elle. Je peux pas lire. Les lettres sont trop petites, pis y en a trop.

Alice lit la description du produit sur l'étiquette.

— Non, y en a pas.

Lucy dépose deux boîtes dans le panier à provisions. Puis, elle indique à Alice les sacs de farine.

— Prends un vingt livres, on va faire des tartes.

La caissière, qui est aussi la propriétaire du commerce, la cinquantaine avancée, les cheveux frisottés et la poitrine généreuse, observe Alice qui avance vers le comptoir caisse.

— Bonjour! dit la femme.

— Bonjour, répond Alice.

Regardant du côté de Lucy qui examine un promontoire d'articles pour la pêche :

— Bonjour, Lucy. Ça va bien aujourd'hui?

— Oui, oui.

— Je l'ai bien connu, ton père, dit-elle en s'adressant à Alice. Ton père, c'est bien Isaac?

Alice hoche la tête positivement.

— Hein Lucy, ça fait longtemps qu'on se connaît?

— Oui, oui.

Lucy pense qu'effectivement ça fait longtemps qu'elle la connaît, celle-là. Agnès, sa chère cousine, et elle-même l'appelaient « celle qui est toujours rouge et qui sent le parfum ».

Lucy sourit à cette pensée. Dans sa tête, elle entend le rire d'Agnès. Elle s'approche et sort son porte-monnaie.

— Laissez, dit Alice.

Celle-ci examine la facture, s'étonne des prix exorbitants.

— Vous vous êtes pas trompée sur le prix du lait, par hasard ? Me semble que c'est cher !

— As-tu pensé aux kilomètres que le litre de lait a parcourus pour arriver jusqu'ici ? répond la femme. J'ai pas le choix !

Alice n'ajoute rien. Lucy se dirige vers la porte. Minnie suit sa grand-mère en poussant la poussette du bébé. La femme remet la monnaie à Alice.

— Ta mère aussi, je l'ai connue. Tu lui ressembles vraiment beaucoup, hein ? T'étais pas bien vieille quand t'es partie d'ici avec elle. Moi, je lui avais dit : « Qu'est-ce que tu fais là avec les Indiens ?! Une belle fille comme toi ! »

Silence, tandis qu'Alice range son argent.

— Pis toi, qu'est-ce que tu fais par ici ? ajoute-t-elle.

Alice n'a pas l'intention de lui répondre. Elle ne la regarde même pas. Elle regarde plutôt ce qu'elle emballe dans des sacs de papier brun.

— C'est pas facile d'avoir un contact avec eux ! On sait jamais ce qu'ils pensent ! dit la femme.

— Vous avez seulement à leur demander, lance Alice, surprise elle-même de sa réponse.

Elle a soudainement envie de les défendre, la vieille Lucy, Minnie, le bébé, Agnès, sa grand-mère, et même son père. Sans dire bonjour ni merci, elle prend les sacs et sort.

❖

Alice et Lucy sont assises à l'arrière du taxi de Priscille avec la petite Minnie qui s'est assoupie. Le bébé dort dans les bras de la vieille femme. Elles ont avec elles un réservoir d'eau, les provisions et un bidon d'essence. Priscille ne parle pas, elle roule sur la route de terre.

— Ton bidon d'essence pue, Alice. Ça me donne mal à la tête! dit Lucy. T'aurais dû le mettre dans le coffre.

— Le coffre s'ouvre pas, répond Alice qui ouvre la fenêtre.

— Non, fais pas ça, il y a trop de poussière, se plaint Lucy.

Alice ferme la fenêtre.

— OK! Je fais plus rien, dit-elle.

— Je suis fatiguée, dit Lucy d'une voix lasse. Je pense que je suis à la veille d'aller les rejoindre au cimetière. C'est le mieux qui pourrait m'arriver. Comment ça se fait que je suis encore vivante? Je comprends rien là-dedans. J'ai enterré mes parents, ma fille, deux de mes fils, mon petit-fils et maintenant Isaac…

Coup d'œil surpris de Priscille dans le rétroviseur. Jeune adolescente, Priscille a aimé Isaac, en secret. À cette époque, les Blanches du village ne pouvaient pas sortir avec les « Indiens ». La dégringolade dans l'échelle sociale aurait été trop abrupte. Les familles tenaient à leur réputation! Mais Priscille admirait le bel Isaac depuis qu'elle était toute petite. Il était différent des autres Indiens ou Métis qu'elle connaissait. Moins timide, moins craintif. Et les gars à calottes du village ne faisaient pas le poids, côté charme. Isaac souriait à tout le monde et il démontrait envers les gens un égard et une délicatesse qu'elle n'avait vus chez personne. Priscille s'était dit qu'un jour elle briserait les règles.

Quand elle aurait l'âge, des seins et tout ce qu'il fallait, elle lui avouerait son amour et ils partiraient ensemble, loin. En ville. Ses parents ne la chercheraient pas longtemps, car elle leur écrirait qu'elle était enceinte et ils auraient honte. Mais le beau Métis a rencontré Louise, la fille du restaurant. Les chances qu'il la remarque, elle, la petite Priscille, se sont évanouies.

À l'arrière, la vieille Lucy parle encore. Priscille est étonnée de l'entendre. Elle la ramène dans son taxi tous les dimanches et jamais la femme ne lui a dit un mot de plus que « En haut de la côte, merci. » Priscille ne lui parle pas non plus. C'est comme s'il existait une loi tacite entre elles. Pas de contact. De toute façon, pense Priscille, les Amérindiennes n'ont pas grand-chose à raconter : elles restent à la maison, elles s'occupent des enfants, elles cousent ou alors elles se saoulent.

— Y a plus de morts dans ma vie que de vivants. Heureusement que j'ai mes souvenirs, dit Lucy. Quand on vieillit, Alice, c'est tout ce qu'il reste. Les mauvais comme les bons.

Alice regarde Lucy. Elle se demande si, au moins dans sa jeunesse, elle a été heureuse. Elle en doute. La femme est trop lucide pour ça. Pour Alice, le bonheur est une invention et non un état réel. Ou plutôt une illusion après laquelle on court quand on ne veut pas voir la vie telle qu'elle est. Une sorte d'hallucination épisodique qui empêche la planète entière de se jeter en bas d'un pont ou d'une falaise.

Le chemin, rétréci, passe à travers les aulnes. La vieille femme tourne son regard vers la fenêtre. En haut d'une côte, elle voit la cabane. Elle plisse les yeux pour mieux la voir et son expression change. Devant elle, ce n'est plus la cabane d'aujourd'hui, vieillie comme elle, à l'abandon. Lucy voit la petite maison peinte en blanc. Il y a des vêtements sur la corde à linge, de la mousse à sécher, des peaux tendues sur des cadres de bois, des enfants qui s'amusent avec un vieux tricycle. Un gros chien noir poilu accourt et jappe. De la cabane provient une musique : Elvis. Agnès, son amie de toujours, sa cousine, est là, souriante et radieuse. Lucy se revoit besognant avec Agnès. Elles ont vingt ans, un peu plus. Elles portent des robes de cotonnade aux couleurs vives et aux motifs fleuris, des bérets, des bottes noires en caoutchouc. Elle, elle porte sa robe blanche à fleurs rouges qu'elle a cousue elle-même : sa préférée.

Le taxi tourne dans l'entrée, s'arrête. Lucy revient à la réalité. Elle se sent entre deux eaux. Comme une algue qui flotte dans la rivière. La rivière qu'elle aime, la rivière qu'elle maudit.

Minnie se réveille. Le bébé pleure. Alice paie la course à Priscille.

— Mes sympathies pour ton père. Je pouvais pas savoir, dit-elle.

— Merci, répond Alice.

Lucy bougonne un peu, elle a de la difficulté à ouvrir la porte.

— Attendez, je vais vous aider, dit Priscille.

Priscille aide la vieille, qui donne le bébé à Alice. Alice est prise de court. C'est la première fois qu'elle tient un enfant. Elle l'emporte à l'intérieur avec précaution. Le maillot et la couverture sont mouillés. Pas besoin de vérifier. Alice sait qu'elle a les deux mains dans le pipi et dans la merde. Minnie, que l'odeur désagréable ne semble pas déranger, chatouille les pieds du bébé au travers des tout petits mocassins.

— *Tchitchish, tchitchish*, dit Minnie.

— Il s'appelle comment? demande Alice.

— *Tchitchish*, ça veut dire bébé. Son nom, c'est Agathe.

— Agathe.

C'est vrai, les bébés ont un sexe, pense Alice en déposant Agathe sur la table de la cuisine. Minnie apporte une couche jetable propre, la remet à Alice. «Ah non!» se dit Alice, qui se dit aussi qu'elle n'a pas le choix.

❖

La vieille Lucy se lave les cheveux dans le lavabo de la cuisine. Pliée en deux, elle a de la difficulté à verser le shampoing, puis à se redresser pour le faire mousser. Son dos est affreusement douloureux.

— Voulez-vous que je vous aide? lui demande Alice, qui vient d'entrer dans la pièce.

— Je suis habituée toute seule, répond Lucy, qui a quand même envie qu'on l'aide.

— Ça me fait plaisir! C'est mon métier, coiffeuse.

Lucy grommelle, par habitude, mais elle laisse Alice verser de l'eau tiède délicatement sur ses cheveux pour les rincer. Puis, Alice les éponge avec une serviette, essuie le cou de Lucy et l'aide à se relever tout doucement. C'est alors qu'elle remarque un bracelet médical à son poignet.

— C'est quoi, ce bracelet-là? demande-t-elle.

— C'est à cause de la maladie du sucre, répond la femme, le diabète. On a cette maladie-là maintenant, presque tous les vieux que je connais l'ont. Il faut que je fasse très attention, que je surveille ce que je mange, que je prenne soin de mes pieds. Il paraît que c'est à cause du mode de vie qui a changé. On mange trop de sucre, trop de gras, on reste assis et on devient gros.

— C'est pas drôle, ça! dit Alice, qui ne sait rien de cela. Voulez-vous que je vous peigne?

— Oui, oui.

Lucy s'est assise à la table et Alice, debout derrière elle, lui démêle les cheveux. Lucy est heureuse que quelqu'un s'occupe d'elle. Elle imagine qu'elle est au salon de coiffure, comme les Blanches! Cette idée la fait sourire. Il y a longtemps, une coiffeuse de la ville s'était installée au magasin général et avait offert, durant quelques jours, ses services pour couper, friser et même changer la couleur des cheveux des femmes du village. Ceux de la propriétaire du magasin général étaient devenus orange; Agnès et elle avaient ri en la voyant.

Alice, bien intentionnée, tire un peu trop fort. Lucy maugrée.

— Pardon, dit Alice.

— Ça suffit. Je vais continuer toute seule, dit Lucy.

Lucy choisit des élastiques dans un petit pot devant elle. Avec des gestes rapides et habiles, elle tresse ses cheveux et elle les attache.

— T'étais petite quand t'es partie avec ta mère, dit-elle.

La vieille semble chercher quelque chose dans sa mémoire.

— Louise, dit Alice.

Lucy acquiesce d'un mouvement de la tête, comme si elle se souvenait.

— T'avais les cheveux tout bouclés. Je t'aurais pas reconnue, ajoute-t-elle.

La vieille sait pourquoi Louise est partie. Qui aurait pu la blâmer ? Mais, tout de même, elle aurait pu ramener la petite de temps en temps.

— On t'a plus jamais revue. Ta grand-mère a eu de la peine. Elle t'attendait toujours un peu. Te souviens-tu d'Agnès ?

Alice hoche la tête négativement. Elle sent un reproche dans le ton et le regard de la femme.

— *Apoukshish*, viens, je vais tresser tes cheveux, dit Lucy.

Alice pense qu'une dose incroyable d'incompréhension, de non-dits, de suppositions, de malaises et de blessures a créé une distance immense entre elle et la famille de son père. Et cette distance a sûrement contribué à produire le sentiment de vide qu'elle sent en elle et autour d'elle.

— Je vais le faire, dit Alice alors que Minnie accourt à la table. Viens devant moi. Aimes-tu les élastiques rouges ?

Pendant qu'Alice tresse les cheveux de l'enfant, ravie, la vieille femme va chercher dans sa chambre une boîte de carton qu'elle dépose sur la table.

— Les photos ! s'exclame Minnie.

Alice, Lucy et Minnie s'assoient côte à côte devant une pile de photos. Il y a des photos prises l'été ; d'autres, l'hiver. Des visages jeunes, des vieux, des femmes enceintes. Des enfants. Beaucoup d'enfants. Alice en regarde une en noir et blanc. Des personnes de tous âges y sont photographiées.

— Ton père, ta grand-mère Agnès, Antoine, ton grand-père, dit Lucy à Alice. Tu l'as jamais vu, hein ?

— Non. Il est mort avant que je naisse.

— La tuberculose l'a emporté. Il crachait le sang.

— Oh!

Lucy désigne un autre homme.

— Mon Johnny, dit-elle.

Elle revoit le visage de Johnny, son sourire, le pli dans sa joue gauche.

Alice remarque que la vieille a les yeux humides.

— Mon Johnny est mort noyé. Il avait juste trente ans, dit-elle.

Lucy pense aux rapides de la Mékiskan, au printemps froid, à l'eau noire, au canot qui se renverse, à son mari qui tombe, qui coule, qui disparaît, à l'abîme de noirceur alentour, à elle qui remonte à la surface, qui gèle.

— Étiez-vous mariés? demande Alice.

— Oui, oui. C'est nos parents qui avaient décidé de nous marier. C'était comme ça, avant. Agnès, elle, n'avait plus ses parents depuis longtemps quand elle a rencontré Antoine. S'ils avaient été là, ils auraient pas accepté facilement que leur fille se mette avec un Blanc! Ça se faisait pas tellement à cette époque-là. Et puis, ça a changé. À cause du prêtre. Lui, il voulait marier toutes les Indiennes avec des Blancs! Pour éteindre la race!

— Est-ce que vous savez comment mes grands-parents se sont rencontrés?

— Johnny pis Antoine bûchaient ensemble pour la compagnie de bois. Un jour, Johnny a ramené Antoine à notre campement. Il cherchait une femme. Il aimait bien les Indiennes, Antoine.

— Vous n'êtes pas sur la photo? demande Alice.

— Ben non. C'était moi, la photographe.

— Vous ?

— Oui, oui. Je photographiais avec une petite boîte noire. C'était pas compliqué comme aujourd'hui. Il fallait seulement peser sur un bouton.

— L'avez-vous encore ?

— J'en ai une nouvelle depuis longtemps, voyons. Mais mes yeux sont plus très bons pour ça.

Lucy se souvient de cette journée-là, la journée de la photo. Agnès plumait des canards. Isaac chassait les petits oiseaux avec son lance-pierres. Lucy était convaincue qu'Isaac ferait un grand chasseur. Les bébés dormaient accrochés aux arbres dans les *tiknagans*[1]. Johnny fendait du bois. Antoine lisait le journal. Même si Antoine était blanc, ils l'aimaient bien. Il était travaillant et il les faisait rire. Il rapportait toutes sortes de choses étranges et nouvelles à la maison. Grâce à lui, ils ont eu une radio, un appareil photo et même un appareil pour écouter des disques. Et il parlait leur langue comme si c'était la sienne. Eux ne savaient rien de lui, à part qu'il n'avait plus de famille. Des vieux disaient que ce Blanc, comme les autres Blancs, apportait le malheur, qu'il attirait le mauvais sort. « N'empêche, se dit Lucy, c'est bien ce qui est arrivé, le malheur. » Étrangement, cependant, après la mort d'Antoine, le malheur ne les a pas quittés. Lucy jette un coup d'œil à Alice et à Minnie qui regardent les photos.

— Le passé me revient, dit Lucy. C'est comme si j'y étais, je me souviens de détails que j'avais complètement oubliés. Je pense que c'est la mort qui commande de me souvenir. Ou bien, c'est parce que moi aussi je m'en vais là.

---

1.   Porte-bébés en bois que l'on transporte sur le dos.

Alice voudrait la contredire, lui dire : « Non, non, voyons. » Mais vu son grand âge et tout ce qu'elle a vécu, il est probable que la vieille femme dise vrai et qu'elle meure bientôt.

Lucy se demande ce qu'elle peut faire pour Alice, comment elle peut lui parler et de quoi lui parler. « Elle semble si ignorante de tout », se dit-elle. Mais elle sent que cette fille n'est pas tout à fait une étrangère, qu'elle a un lien avec elle, qu'elle est un membre de la famille. Elle ressent pour elle de l'affection mêlée à de la pitié. Parce qu'Alice a perdu son père et parce qu'elle est seule. Alice a bien une vingtaine d'années et elle n'a pas d'enfants, pas de mari. Elle n'a ni frères ni sœurs. Elle a peut-être de la parenté du côté de Louise, dans la grande ville. Bon, ce serait moins terrible.

Lucy entend du bruit à l'extérieur. Celui d'un vélo sur le gravier. Elle est contente : Samuel revient à la maison.

Samuel entre dans la cuisine et il file au salon sans dire bonsoir. Alice regarde Lucy, qui hausse les épaules et hoche la tête en signe de désapprobation. Elle entend que Samuel ouvre la télévision.

— *Apoukshish*, il faut aller dormir, dit Lucy.

L'humeur de la femme a changé. Elle s'est assombrie. La petite Minnie est contrariée.

— Ça donne quoi, que je te raconte tout ça ? dit Lucy sur un ton las. Tu verras jamais le monde comme moi je l'ai vu, de toute façon. C'était une autre vie, Alice. Maintenant, c'est fini. Je suis fatiguée. Je vais me coucher.

Le bébé dort dans un hamac fabriqué avec des bouts de tissus, au-dessus du grand lit. Minnie s'installe près de sa grand-mère. Lucy entend quelqu'un sortir de la maison. Quelques minutes plus tard, quelqu'un entre. Toujours le son de la télévision, fort. Puis, le bébé gémit un peu, comme s'il allait se réveiller. Lucy donne un élan au hamac et l'enfant retourne aussitôt dans le sommeil.

Lucy ne peut fermer l'œil tant que Samuel n'est pas rentré, couché, endormi. Elle endure le bruit de cette télévision autant qu'elle le peut, pour lui. Mais elle, ce qu'elle aime, ce sont les sons familiers. Ceux de la nuit, du vent, de la maison, de l'engoulevent, du chien qui pleure, parfois.

Lucy est debout dans l'entrée du salon. Samuel écoute la télé. Quelque chose de violent.

— Couche-toi!

Samuel ne dit pas un mot. Il se lève et il ferme le téléviseur. Il prend un oreiller et une couverture posés par terre et il se couche sur le divan.

4

Alice se réveille en sursaut et en sueur. Elle a encore fait un mauvais rêve. Le rêve qui revient presque toutes les nuits : un marécage, de la boue, des insectes, le sentiment qu'elle ne peut plus avancer. « Toutes ces choses que nous ne voulons pas nous rappeler, mais qui prennent plaisir à s'imposer dans notre tête endormie », pense-t-elle.

Elle entend du bruit provenant de la cuisine. Un objet qui frappe le sol, Lucy qui parle fort en langue amérindienne et qui donne l'impression d'être fâchée, Minnie qui lance de petits cris stridents.

Elle se précipite vers la cuisine où elle voit Minnie debout sur une chaise et Lucy qui donne des coups de balai par terre en poursuivant quelque chose, puis qui s'arrête, essoufflée.

— On va en avoir une douzaine ! Celle-là est enceinte !

Alice recule et évite de justesse l'ultime coup de balai de Lucy.

— Tiens !

Lucy se penche et prend la souris morte par la queue. Alice grimace, Minnie saute en bas de la chaise.

— Va la jeter loin de la porte, dit Lucy à la petite.

Minnie prend le petit animal mort, du bout des doigts par le bout de la queue, et elle sort.

— Je t'ai entendue crier. As-tu rêvé ? demande Lucy à Alice.

— Oui, répond Alice.

— T'es comme ton père, il faisait des cauchemars lui aussi. Même du somnambulisme!

— Depuis que je suis petite, j'ai des rêves horribles.

Samuel entre de dehors et il dépose un seau plein d'eau sur le sol. Lucy le regarde avec tendresse. Il ressort en claquant la porte.

— Qu'est-ce qui s'est passé, cette nuit, dans ton rêve?

— Rien d'intéressant. C'est vague.

— Faudrait que tu prennes ça un peu plus au sérieux! Les esprits des anciens et ceux des animaux viennent dans tes rêves pour te guider! Tu sais pas ça, Alice? Ils peuvent venir t'avertir de la visite de quelqu'un ou que quelque chose va arriver. Aide-moi donc à faire chauffer l'eau. Faut nettoyer la maison.

Lucy, exaspérée par l'ignorance d'Alice, hoche la tête. Puis, elle s'affaire. Elle tasse les chaises, relève sa jupe et en attache les pans sur un côté avec une épingle à ressort. Alice remarque que la femme a de petites jambes maigres et que, sous sa grosse jupe, elle porte un collant beige, épais, rapiécé à la main à plusieurs endroits, qui ravale au niveau des genoux et des chevilles. Lucy sent qu'Alice l'observe et elle se demande pourquoi. Elle n'est, après tout, qu'une simple vieille qui s'apprête à laver un plancher plein de crasse et d'échardes. Elle s'agenouille et elle se met à frotter les planches de bois à l'aide d'une brosse.

— Veux-tu te rendre utile? demande Lucy à Alice.

— Oui.

— Enlève la poussière dans le salon. Y en a une bonne épaisseur. Tes tantes pourront pas dire que je suis trop vieille, pis que je devrais pas rester ici. La maison va être bien propre!

— Pourquoi vous allez pas vivre avec eux, à la réserve ?

La seule idée de la réserve fait frissonner Lucy.

— Ici, j'ai la paix. Là-bas, y a trop de monde, trop de problèmes, répond Lucy.

— Vous seriez pas toute seule.

— J'ai pas peur de la solitude.

Sans la venue de la famille, Lucy n'aurait pas lavé le plancher. Pas avant le début de l'automne. Elle a trop mal au dos, aux jambes, aux genoux. La maison rangée, c'est suffisant pour elle. « Mais, se dit-elle, il vaut mieux honorer la mémoire d'Isaac dans une maison bien propre. » La pensée d'Isaac la ramène en un éclair à Agnès, et la pensée d'Agnès à celle de Caroline, et de Caroline à Annie et d'Annie à Mathieu et, bien sûr, à Johnny. Ils ont été ses amis. Et maintenant ils sont disparus. Au lieu d'être triste, Lucy se sent pleine de joie. À quatre pattes au milieu de la pièce, elle sourit. Avec eux, elle a bien ri. Mais plus personne ne rit avec elle maintenant.

Lucy s'arrête un moment. Elle écoute. Le bébé ne pleure pas. Minnie est bien tranquille devant la télé. Elle n'a pas entendu Samuel prendre sa bicyclette, ce qui veut dire qu'il est aux alentours, en train de rêvasser, de ruminer, de fumer ou de regarder sa collection de cartes de groupes de musique rock. Elle jette un coup d'œil vers Alice. La fille est travaillante, cela lui plaît.

Alice dépoussière la lampe, la table basse, le téléviseur. Elle contourne l'urne mortuaire. La légèreté qu'elle sentait depuis le matin la quitte subitement. Alice se demande pourquoi elle se sent mal, tout à coup, pourquoi l'anxiété ne s'est pas éteinte en même temps qu'Isaac.

Sur une étagère, sous une pile de journaux et de revues, Alice découvre des disques vinyle trente-trois tours : Hank

Williams, Johnny Cash, des violonistes amérindiens, un disque de chants de Noël, Elvis.

— Minnie, viens-tu m'aider à étendre la lessive? dit Lucy qui vient de se relever.

La petite est captivée par les images de la télé et elle ne répond pas à sa grand-mère.

— Elvis? s'étonne Alice.

— Ta grand-mère et moi, on était folles d'Elvis. Nos maris aimaient pas ça… Ils étaient jaloux! dit Lucy en hochant la tête et en riant doucement. *Love me tender, love me…*

Elle prend l'album et elle embrasse la photo d'Elvis. Alice la regarde, étonnée. La vieille femme a été jeune et elle a aimé Elvis Presley! Cela lui semble incroyable.

Derrière le regard rieur de Lucy surgit le souvenir très précis d'un après-midi. Agnès avait mis des bigoudis dans ses cheveux. Pas Lucy, qui ne voulait pas imiter les Blanches. Elles fumaient des cigarettes et elles écoutaient Elvis.

❖

Dehors, Minnie se balance. Il fait beau. Des épilobes roses dansent dans le vent, derrière elle. Le bébé dort dans un hamac suspendu entre deux arbres. Lucy lave des vêtements dans une cuve, tandis qu'Alice en étend d'autres sur la corde à linge. Après un moment, Lucy essuie ses mains avec les pans de sa grosse jupe, fait une pause. Elle jette un coup d'œil à la ronde. La bicyclette de Samuel est encore contre le mur de la maison.

— Irais-tu voir où est rendu Samuel? demande Lucy à Alice.

Alice acquiesce d'un mouvement de la tête.

— Dis-lui que je veux lui parler, ajoute Lucy.

Alice prend le chemin aux hautes herbes qui mène à la rivière. La petite Minnie saute de la balançoire et elle rejoint Alice, qui la prend sur ses épaules. Minnie est ravie. Elle chatouille Alice dans le cou avec une brindille. Alice aime bien la petite. C'est la première enfant qui ne lui tombe pas sur les nerfs. Sans doute parce qu'elle n'est pas tout le temps en train de demander quelque chose, de pleurnicher, de fourrer son nez partout.

Sur la berge, Alice scrute l'horizon. Pas de traces de Samuel. Minnie lui indique la chaloupe rouge, un peu plus loin dans la baie.

— Samuel est là-bas, dit-elle.

Puis, elle enlève ses chaussures et elle entre dans l'eau.

— Regarde, Alice !

Alice enlève ses sandales, roule le bas de son jean, rejoint Minnie essayant d'attraper de minuscules poissons qui nagent en groupe. Ils vont très vite et ils filent entre les doigts de la petite.

Samuel est étendu au fond de la chaloupe, sa mallette de vinyle près de lui. Il a les yeux fermés. L'eau miroite tout autour et la barque le berce doucement. Il écoute la brise légère autour de sa tête, celle qui fait frissonner l'eau. Puis, il tend l'oreille vers le vent plus haut, celui qui agite les feuilles frémissantes des bouleaux. S'il se concentre encore plus, il peut entendre un autre vent, plus loin, celui qui roule au sommet de la montagne. Il ouvre les yeux, regarde les nuages. Au-dessus de lui apparaît le visage de sa mère, souriante et attendrie, qui se penche sur lui. Samuel sourit. Jeannette est belle avec ses grosses joues, ses belles dents blanches et ses cheveux noirs qui encadrent son visage.

— Samuel ! Es-tu là ?

Il revient à la réalité.

— Samuel ! Ta grand-mère veut te voir !

C'est la voix de cette fille qu'il entend. Il s'assoit dans la barque. Son bonheur est disparu. Il prend les rames.

Alice, dans l'eau jusqu'aux genoux, le voit revenir vers la berge. La petite a terminé sa pêche aux « ménés ». Elle court maintenant après des patineuses aux pattes courtes qui vont très vite sur la surface de l'eau.

Samuel saute en bas de la chaloupe et il l'amarre à un rocher. Il passe à côté des filles.

— Qu'est-ce que tu faisais là ? demande Alice.

Il ne répond pas, ne lève même pas les yeux.

— Tu pourrais me regarder quand je te parle !

Samuel s'arrête. Il crache par terre. Repart. Alice vient de sentir sa haine. Très forte.

❖

Le ménage et le lavage terminés, Lucy, Alice et Minnie marchent dans un sentier en arrière de la maison. Elles transportent des pots de plastique, le bébé. Lucy et Minnie portent des foulards sur leur tête. Incommodée par les moustiques, Lucy balaie l'air autour d'elle à l'aide d'un rameau. Elles arrivent à un petit promontoire dégagé. Minnie s'éloigne et disparaît derrière un bosquet.

— *Apoukshish*, t'es mieux de rester plus près de nous, au cas où il y aurait un ours dans les parages ! crie Lucy.

Alice jette un coup d'œil à la ronde. La petite se rapproche en courant. Elles s'accroupissent pour cueillir les bleuets qui s'offrent par grosses grappes bien mûres. Le ciel immense, derrière elles. Alice a chaud et elle se fait piquer par les mouches. Elle remarque que Lucy ramasse les petits fruits à une vitesse effarante et que Minnie en met plus dans sa bouche que dans le pot.

— Samuel m'aime pas, dit Alice à Lucy.

Lucy hausse les épaules, poursuit sa cueillette intensive. Puis, après un moment, elle s'arrête, regarde Alice.

— Samuel rumine quelque chose. Il s'est enfermé dans son silence. On dirait qu'il en veut à tout le monde. Il m'inquiète.

— Où est leur mère? demande Alice.

Lucy s'éponge le visage.

— Au village, dit-elle.

— Qu'est-ce qu'elle fait là? Pourquoi elle vous laisse ses enfants?

— Elle a un chum.

Lucy chasse les moustiques autour du bébé, change de bosquet, reprend sa cueillette.

— Et leur père? continue Alice.

— Il les a laissés tomber. Il était malin, lui. C'est mieux comme ça.

— Et quand ils sont pas à Mékiskan, ils vivent où?

— Jeannette passe l'été dans le bois, répond Lucy. Elle a une cabane pas loin de la voie ferrée. Quelques familles vivent à cet endroit. Il y a un petit lac et une source tout près. À la fin de l'été, ils retournent vivre à la réserve. Il faut bien que les enfants aillent à l'école. Ici, l'école est fermée depuis longtemps.

Lucy espère qu'Alice ne posera plus de questions. Les mots qu'elle devrait ajouter sont trop difficiles à dire. Accroupie devant la talle de bleuets, elle pense à sa Jeannette.

Une bonne fille, dans le fond. Quand elle vit dans le bois, Jeannette est tranquille, elle se lève tôt, nettoie la cabane, prépare les repas, ne boit pas. « Mais pourquoi fallait-il qu'elle rencontre ce Blanc ? se demande-t-elle. Pourquoi le penchant de Jeannette pour ces hommes violents, ces buveurs, ces menteurs ? » Lucy pense qu'elle ne s'y habituera jamais et qu'une malédiction s'est vraiment abattue sur la famille, il y a longtemps. Mais comment Alice pourrait-elle comprendre cela ? Elle est sûrement comme les autres Blancs et elle jugerait de tout. Des enfants aussi. Les enfants... À la pensée que le mal peut les affecter, un jour, Lucy a peur. Et cette peur est bien plus terrible que celle des bêtes sauvages qui peuvent surgir de la forêt dont elle aperçoit la masse sombre devant elle. Elle connaît cette peur depuis très longtemps et, surtout, le dégât qu'elle cause à l'intérieur, dans le ventre, dans la poitrine et dans le cœur. Lucy la chasse sur-le-champ de son esprit et elle se tourne vers Alice.

— Samuel me fait penser à ton père. Ton père était comme ça. Il parlait pas beaucoup. Il restait à l'écart, songeur. Au moins, dans ce temps-là, les enfants se suicidaient pas...

— Mon père...

— Il t'a abandonnée pour la bouteille. T'as raison de lui en vouloir. Mais la haine et la rancune, ça ronge à l'intérieur.

— Je me demandais toujours où il était rendu, s'il était encore vivant. J'ai toujours un point, là, une angoisse, dit Alice en touchant sa poitrine.

Lucy hoche la tête. Minnie vient montrer sa récolte à sa grand-mère. Les yeux brillants de la petite et son sourire effacent toute pensée négative de la tête de la vieille femme.

Un peu plus loin, dans le sous-bois derrière la cabane, Samuel, armé d'un lance-pierres, avance à pas feutrés. Puis, un léger frémissement sur le sol. Il s'arrête, fait le guet. Devant lui, sous les épinettes, une perdrix est immobile. Il prend une pierre dans une poche de son jean, tire. Il a manqué sa cible, mais la perdrix ne s'est pas envolée. Samuel s'approche rapidement. Ses mouvements sont souples et ses pas, silencieux. Il lance une autre pierre. Cette fois, il a visé juste. Agenouillé auprès de sa prise, Samuel caresse d'un doigt la tête de la perdrix morte, les plumes douces et lisses. Le petit corps est encore chaud.

Lucy dépose un pot plein de bleuets sur une marche du perron, à côté des récoltes d'Alice et de Minnie qui sont assises dans les marches. Samuel arrive à la course et il remet fièrement à sa grand-mère deux belles perdrix. Il chatouille Minnie et il embrasse le bébé installé dans sa poussette. Il ne fait aucun cas d'Alice.

— Hum! Ça va être bon! dit Lucy. J'avais pas rêvé, je les avais entendues!

Samuel entre dans la cabane.

Lucy plume les oiseaux d'une main experte. Minnie aide sa grand-mère en arrachant les plus petites plumes dans le cou de l'oiseau. Alice les observe, dédaigneuse. Elle détourne les yeux au moment où Lucy retire les viscères.

Puis, Samuel ressort. Sans dire un mot, tenant sa mallette de vinyle noire, il prend sa bicyclette et il part dans le chemin de terre.

— Ces enfants-là me fatiguent! dit Lucy. Je suis vieille, je suis malade, mais Jeannette a pas l'air de s'en rendre compte!

Elle ramasse le barda et rentre en grommelant. Alice reste sur le perron avec Minnie.

❖

Samuel, lui, pédale jusqu'au village. Il ne rencontre personne, ne croise aucun véhicule. En bas de la côte, une marmotte traverse la route devant lui. Aux abords de la voie ferrée, un porc-épic vient de se faire écraser. Samuel a son idée depuis le matin : il va ramener sa mère à la maison. À l'hôtel, il monte l'escalier qui mène aux chambres. Au deuxième étage, il emprunte un long corridor sombre qui sent la cigarette. Il s'arrête devant la chambre numéro neuf, celle que sa mère et son Blanc prennent toujours. Une fois, par la porte entrebâillée, il a vu le lit défait, les longs cheveux noirs de Jeannette sur l'oreiller blanc. Il frappe. Pas de réponse.

— Maman ? Maman !

— Ta mère dort, répond une voix d'homme.

— Maman, viens ! dit Samuel.

— Va-t'en, retourne chez ta grand-mère. Fiche-nous la paix, dit l'homme.

Samuel donne un grand coup dans la porte. Puis, il se laisse choir par terre et il s'appuie contre le mur. Dans la tête de Samuel, il fait noir. Il hait ce *ihimistikshiou* puant, il hait sa mère. Charlie apparaît en haut de l'escalier et indique à Samuel de déguerpir.

Samuel roule à bicyclette dans le village. Comme un fou. Il sent l'adrénaline éclater dans ses veines. Des touristes, un homme et une femme, sont dans son chemin. Il fonce vers eux. Il a envie de les écraser, de leur causer du mal. Au dernier instant, alors qu'il va les frapper, il bifurque, et la roue avant de son vélo se soulève de terre. Du coin de l'œil, il voit la peur sur leurs visages. Il se sent fort. Dans sa tête, l'idée d'aller voler de la bière et des cigarettes au magasin général.

❖

Le bébé a fait un somme dans son hamac, Lucy, Alice et Minnie ont mangé des œufs durs, de la bannique et des bleuets. Alors qu'elle lavait la vaisselle, Lucy a demandé à Alice de mettre l'essence dans le camion parce qu'elle veut aller quelque part tout de suite après. Pas de détails sur la destination.

Tandis qu'Alice vérifie encore une fois le vieux camion pour s'assurer qu'un pneu n'est pas crevé ou qu'un bout du tuyau d'échappement n'est pas arraché, Lucy s'avance dans l'allée, chaussée de ses espadrilles et vêtue de sa grosse jupe, de sa veste de laine, même s'il fait chaud, et de son foulard noué sous le menton ; elle porte un sac en bandoulière. Alice l'aide à monter.

— Où est-ce que je vous emmène ? demande Alice.

— Tu vas voir, tu vas voir, répond Lucy.

Minnie s'assoit entre les deux femmes. C'est elle qui tient le bébé. Lucy et la petite fille semblent tout à fait enthousiastes. Alice se demande ce qui peut bien les exciter ainsi.

Le vieux camion avance d'abord par à-coups. Lucy s'agrippe au tableau de bord comme si elle allait tomber. Elle lance un regard incrédule à Alice. Puis, Alice embraye la quatrième vitesse et roule un peu plus vite. La vieille se décrispe. Alice ouvre la radio, cherche une fréquence, puis réussit à syntoniser une station de musique country. Après deux ou trois kilomètres de route cahoteuse, Lucy se redresse sur la banquette, plisse les yeux pour bien voir l'écriteau sur le bord du chemin.

— Tourne ici, dit-elle.

Alice aperçoit l'enseigne du dépotoir.

— Ici ? On n'a rien à jeter ! s'étonne-t-elle.

— Ici, on trouve de tout, répond Lucy.

C'est un petit dépotoir à ciel ouvert. Des dizaines de sacs d'ordures sont amoncelés sur un terrain sablonneux aux abords d'une forêt de conifères. Le contenu des sacs éventrés est éparpillé parmi des objets, des meubles et des pneus qui traînent un peu partout, abandonnés sans aucun ordre, ni logique, par les habitants de Mékiskan. Des effluves nauséabonds imprègnent l'air. Alice, accompagnée de Minnie qui pousse le bébé dans sa poussette, marche parmi les détritus et les objets épars. L'endroit est sans commune mesure avec les dépotoirs et les sites d'enfouissement de la grande ville, avec leur terrible odeur de putréfaction qui se fait sentir un kilomètre à la ronde, mais Alice préférerait tout de même être ailleurs. Elle jette un œil sur Lucy qui avance précautionneusement en regardant attentivement le sol, qui tasse du pied des objets laissés par terre et qui renverse des sacs de poubelle. Elle semble tout à fait à son aise.

Lucy prend un sac à main. « Cuir véritable, se dit-elle. Il me faudra seulement réparer la courroie. » Elle le met sous son bras. Puis, en regardant de près un sac déchiré contenant des vêtements, elle trouve un anorak et une salopette. Elle n'aura qu'à recoudre la doublure de l'anorak et à coudre une pièce sur la culotte. Une fois bien lavés, ils pourront être portés par Samuel l'hiver prochain. Ou l'hiver suivant. Après un temps, elle lève les yeux et cherche Minnie et Alice du regard. Il faut qu'elle les surveille, surtout Alice. Une Blanche peut se mettre les pieds où il ne faut pas. Dans un piège à ours, par exemple. Puis, un vieux poêle attire son attention.

Alice repère un divan éventré. Elle s'y installe pour attendre la vieille, tandis que Minnie tente de faire rire le bébé.

Au bout d'une heure, Lucy pense qu'elles ont beaucoup de choses à préparer à la maison. « Il vaut mieux rentrer, se dit-elle. De toute façon, ce dépotoir ne fournit plus rien de bon. Dans le temps, il y avait du nouveau tous les mois. » C'était quand la compagnie de bois engageait une centaine d'hommes qui s'installaient au village avec leurs familles. Agnès et elle y venaient régulièrement et trouvaient des choses utiles pour la maison ou pour se vêtir. Des objets brisés et des vêtements usés, qu'elles récupéraient et réparaient. Et ça ne coûtait pas un sou ! Tout ce que les enfants portaient, elle le fabriquait de ses mains, en utilisant peaux et fourrures d'animaux, retailles de tissus, morceaux de couvertures, parties de robes ou d'habits trouvés qu'elle utilisait judicieusement. Elle aurait bien aimé pouvoir leur acheter, au moins une fois, des vêtements neufs, mais elle est fière du travail accompli.

Alice n'ose pas faire de commentaires sur le vieux sac à main et les vêtements déchirés et souillés que Lucy rapporte. Elle a juste hâte de décamper. Lucy ne semble pas du tout se formaliser de récupérer des restes, les rebuts des autres, mais Alice aimerait pouvoir l'amener dans un centre commercial et lui offrir tout ce qu'elle désire !

Après quelques minutes de repos pour la vieille, aux côtés des filles sur le vieux divan, quelques gorgées d'eau, des centaines de mouches et de maringouins pour Alice, elles retournent vers le vieux camion. Sur la route, une camionnette, modèle ancien, arrive dans leur direction.

Lucy se fige sur place.

— Bougez pas! ordonne-t-elle.

Alice la regarde, étonnée. Elle n'a pas l'air de plaisanter.

— Voyons, Lucy, qu'est-ce qu'il y a? demande-t-elle.

— C'est les hommes de la compagnie de bois! répond Lucy.

À quelques mètres devant elles, les portières de la camionnette s'ouvrent et deux hommes en descendent. Alice ne leur trouve rien de spécial. Elle ne comprend pas pourquoi Lucy a les yeux fixés sur eux, l'air grave. Mais elle ne bouge pas.

« Les ours rôdent dans les dépotoirs, et les souvenirs aussi », se dit Lucy. La compagnie n'est plus active depuis une dizaine d'années et plus personne n'y travaille. La cour à bois, jadis remplie de billots de toutes les essences d'arbres utiles disponibles sur le territoire, est vide. La compagnie est partie causer son ravage ailleurs. Lucy a chaud. Avec son bâton, elle empêche Alice et Minnie d'avancer. Puis elle tire Minnie contre elle et la tient solidement. Dans sa tête, les images et les voix du passé affluent et s'imposent; elle ne peut pas les chasser.

— *Les belles filles, venez un peu par ici. Hé, bébé!*

Lucy est au même endroit, sur la même route du même dépotoir, il y a longtemps. Mais c'est Agnès qui est avec elle et les enfants. Les deux hommes approchent. C'est le plus grand des deux qui vient de leur parler. Lucy a peur. Et quand Lucy sent la peur, c'est que le danger est imminent. Elle s'arrête. Agnès, moins méfiante qu'elle, avance toujours sur le chemin de sable et de roches, tout en poussant le landau du bébé. Un des hommes l'empoigne par le bras et la tire vers lui. Il essaie de l'embrasser sur la bouche, mais Agnès se débat. Lucy s'éloigne en sens inverse en emmenant les petits. Isaac prend sa petite sœur et il rejoint Lucy dans le fossé. De sa cachette, elle voit les deux hommes qui obligent Agnès à laisser le landau et l'enfant sur la route.

— Maman! crie Isaac.

Lucy foudroie Isaac du regard. Il ne faut pas qu'il aille rejoindre sa mère. Ces hommes le battraient sûrement, le tueraient peut-être.

Ils entraînent de force Agnès plus loin dans le dépotoir. Ils rient. Agnès crie. Agnès gémit.

Lucy bouche de ses mains les yeux et les oreilles de l'enfant qu'elle tient contre elle. Elle se tourne vers Isaac et elle voit qu'il pleure. En silence. Alors, Lucy ferme les yeux, la haine bien plantée dans le cœur.

Après un moment, elle ne saurait dire combien de temps exactement, elle entend la camionnette qui repart. Le silence qui suit est insupportable. Puis, une plainte. Agnès.

Comme Minnie la tire par la manche, Lucy revient à la réalité. La camionnette s'éloigne. Ils ont embarqué le vieux poêle. Lucy est soulagée mais perturbée par cette réminiscence subite. Assise sur le bord de la route, elle fume et décide de tout raconter à Alice. Elle a soudainement envie de dire ce qu'elle a tenu sous silence. Elle veut libérer ce qu'elle a gardé dans le fond de sa mémoire, dans les abîmes obscurs où les souvenirs les plus noirs s'entassent.

Alice l'écoute tout du long, n'en croyant pas ses oreilles.

— Est-ce que vous l'avez dit à la police ? demande Alice à Lucy qui vient de se taire et de tourner la tête vers la masse de déchets.

— Qui aurait cru deux Indiennes et des enfants ? répond Lucy.

— Qu'est-ce que vous avez fait ?

Lucy hausse les épaules. Alice est certaine qu'elle n'apprendra rien de plus. Et il n'y a probablement rien à ajouter. Agnès a été violée sur la route du dépotoir, devant son fils, et personne n'a rien dit, rien fait.

Elles rentrent à la maison en silence. Elles soupent en silence. Alice se lève pour desservir. Lucy hésite à lui raconter ce qui s'est passé par la suite. Les Blancs aiment les explications, avoir des preuves, comprendre. Il vaut peut-être mieux ne rien dire, car Alice rirait sûrement d'elle. Mais Alice n'est pas tout à fait une Blanche… Et, surtout, Lucy veut dire à Alice qu'elle a agi, à sa manière.

Après avoir terminé la vaisselle, Alice s'installe à la table pour regarder encore une fois les photos de famille. Lucy s'occupe du bébé, puis elle la rejoint.

— Ce soir-là, le soir du viol de ta grand-mère, j'ai utilisé la magie de la vieille qui sait tout, dit Lucy subitement.

Alice dépose sur la table une photo sur laquelle on peut voir son père portant une chemise blanche et un pantalon. Il a environ douze ans.

— Qu'est-ce que vous dites ? Qu'est-ce que vous avez fait ? demande-t-elle.

— On est rentrées à la maison en coupant par le bois. On pleurait et on avait peur. J'ai d'abord aidé Agnès à se laver. Ensuite, j'ai préparé la nourriture. Les enfants ont mangé. Pas nous. Le soir tombé, les petits endormis, on s'est installées devant la lampe à l'huile. Agnès parlait pas, bougeait pas. C'était comme si elle était plus là. J'avais attrapé un gros papillon de nuit. Je le tenais là, au-dessus de la flamme. J'ai approché ma bouche très près de sa tête velue, pis je lui ai dit tout bas : « Agnès a mal. Va vers ces Blancs, rends-les malades. » Je lui ai parlé comme on parle à une personne. C'était la première fois que j'utilisais les pouvoirs.

Alice reste muette. Elle écoute.

— Isaac est apparu sous la lampe. Il a dit : « Il va se brûler les ailes ! » Je lui ai dit : « Isaac, reste pas là. Surtout, pas un mot. Si ton père sait ce qui s'est passé aujourd'hui, il va aller battre ces Blancs-là et on va avoir de graves problèmes. » Ensuite, j'ai murmuré autre chose au papillon. Mais ça ne se répète pas. Pis le chien a aboyé. « Rends le papillon à la nuit ! » a commandé Agnès qui semblait se réveiller. Alors, j'ai refermé mes mains sur l'insecte. Agnès a soufflé la mèche de la lampe. Antoine est entré. Il a remarqué : « Il fait donc bien noir ici. Qu'est-ce que vous faites là, vous autres ? » J'ai lancé une blague. J'ai répondu : « Nous t'attendions, mon chéri. » Il s'est mis à rire. Dans le creux de ma main, le papillon se débattait. Je suis sortie.

— J'espère qu'ils sont morts, les salauds ! dit Alice.

Lucy tourne son regard perçant vers elle. « Qu'est-ce que cette fille s'imagine ? » se demande-t-elle. Ses pouvoirs n'étaient pas assez puissants pour tuer quelqu'un ! Elle avait connu des shamans très forts, même redoutables. Mais elle, non, elle ne pouvait ni ne voulait tuer personne.

— Voyons ! dit-elle.

— Mais qu'est-ce qui s'est passé avec eux ? demande Alice.

— Quelque chose, mais on sait pas quoi, répond Lucy.

« C'est ridicule », pense Alice. Malgré tout, elle aime cette histoire de magie. Un doute existe dans son esprit, un tout petit : « On sait jamais, pourquoi pas ? »

Lucy se souvient que, quelque temps après l'après-midi du viol et la nuit du papillon, elle a entendu dire que des hommes de la compagnie de bois s'étaient empoisonnés en mangeant de la viande avariée. C'est alors qu'elle a su que le papillon avait travaillé pour elle. Mais cela, elle ne veut pas le dire à la fille.

— Mon père avait quel âge ? demande Alice.

La question d'Alice sort Lucy de ses pensées.

— À peu près l'âge de Samuel.

Alice s'imagine son père terrorisé dans le fossé, sa grand-mère violée dans le dépotoir. Quelque part entre son estomac et son cœur, la rage se pointe, vise sa cible. Alice en veut à ces hommes. Elle se demande s'ils sont morts ou s'ils sont devenus des vieillards qui font sauter leurs petits-enfants sur leurs genoux, ni vus ni connus. Elle les déteste.

Un peu plus tard, après avoir accompagné Minnie à la bécosse, en éclairant le sentier avec une torche électrique, Alice, assise sur le perron, est pensive sous le clair de lune. Minnie s'affaire alentour, essaie d'attraper quelque chose tantôt dans les airs, tantôt dans les bosquets. Lucy nourrit le chien, puis scrute le ciel.

— On a toujours trouvé que Paul ressemblait pas aux autres, remarque-t-elle.

— Vous voulez dire que mon oncle Paul était l'enfant du viol ? demande Alice. Je l'aurais pas gardé.

— Agnès l'a toujours aimé, beaucoup. Peut-être plus que les autres.

— Croyez-vous que vous pourriez m'enseigner votre magie ? Je pourrais me débarrasser de ceux qui m'emmerdent !

Lucy hausse les épaules. La fille ne comprend rien. De toute façon, cela lui prendrait tout le reste de sa vie pour acquérir le savoir des anciens.

— C'est l'heure d'aller reposer mes vieux os. *Apoukshish*, viens, dit-elle.

Elle entre dans la cabane. La petite va vers Alice en tenant ses mains jointes l'une contre l'autre. Puis, elle les ouvre précautionneusement.

— Regarde, Alice.

Alice approche son visage des paumes de la petite. Dans le noir, les lucioles s'allument.

— Des petites lumières qui dansent, dit Minnie.

Alice sourit. Elle se demande combien de temps l'enfance est protégée du malheur et qu'est-ce qui fait que la pureté, un jour, disparaît.

Les « mouches à feu » s'envolent. Alice et Minnie les suivent un moment des yeux. Les lucioles s'éteignent, elles se rallument.

La petite entre. Alice reste seule dans l'obscurité. Elle fume. Elle pense qu'elle va aller faire un tour au village, à l'hôtel. Elle a envie d'une bière et d'un chip. Puis, le son d'un vélo sur le gravier.

Samuel n'a pas envie de voir la Blanche. Il décide de l'ignorer. Il avance vers la cabane en tenant sa mallette noire contre lui. Comme il s'apprête à monter les marches, Alice lui bloque le chemin.

— Qu'est-ce que t'as contre moi ? lui demande-t-elle.

Samuel ne bronche pas, ne montre aucune émotion.

— *Wamiistikosh'iskew !* lance-t-il froidement.

Il la toise du regard, puis il détourne les yeux.

— Je comprends pas ta langue. Tu le sais, dit-elle.

Alors Samuel regarde Alice droit dans les yeux.

— Blanche ! T'es rien qu'une Blanche !

Alice soutient le regard de l'enfant quelques instants, puis elle le laisse passer.

Blanche ! Et puis après ? C'est la part en elle qui lui a causé, jusqu'à présent, le moins de problèmes. Elle lance son mégot, se dirige vers le vieux camion.

Lucy, qui allait se mettre au lit, entend son petit-fils entrer. Elle le rejoint à la cuisine. Samuel se sert un verre d'eau.

— Mange un peu, y a des macaronis, dit la femme.

— J'ai pas faim, répond Samuel.

En s'approchant, Lucy sent l'odeur de bière qui flotte autour de lui.

— T'as bu de l'alcool ?

Sans répondre, Samuel s'éloigne vers le salon. Une lame bien effilée s'enfonce dans le cœur de la grand-mère. Très profondément.

❖

Alice a envie de rouler loin, très loin. Elle a envie de voir ses copains, de rigoler, de s'éclater. Si c'était possible, elle retournerait à Montréal ce soir.

Dans le rétroviseur, une camionnette s'approche à grande vitesse. Rapidement, elle la rejoint et la suit de près. Alice n'aime pas cela. « Il vaut mieux ne faire confiance à personne, se dit-elle. Même en plein milieu des bois, les humains sont pire que des bêtes ! » Après quelques minutes, la camionnette la dépasse. Alice jette un coup d'œil. Des hommes. Des Blancs et des Amérindiens.

L'hôtel est presque vide. Jeannette, la mère des enfants, est assise en compagnie d'un gars, des bouteilles de bière devant eux. Alice a un haut-le-cœur.

En traversant la salle, elle remarque un Amérindien, assis seul à une table, qui regarde fixement devant lui. Puis elle sent, posés sur elle, les regards de deux gars, deux Amérindiens qui jouent au billard. Elle s'assoit au comptoir. Charlie s'approche.

— Qu'est-ce que tu bois ? lui demande-t-il.

— Une bière, répond Alice. As-tu des chips ? Au vinaigre.

Charlie revient avec la bière, le sac de chips. Des ordinaires.

— C'est tout ce qu'il reste, dit-il. J'ai su pour ton père. C'est triste. Ton oncle est ici. Hé ! Willie !

Charlie indique d'un geste l'homme assis seul à une table. Willie, qui a entendu son nom, lève les yeux. Il est ivre. Alice détourne aussitôt la tête, boit une gorgée. « Qui a envie d'avoir une famille comme celle-là ? » se dit-elle.

— Charlie ! Une autre, dit l'un des deux joueurs de billard qui vient d'arriver à côté d'Alice.

Alice lui jette un œil. Grand, le teint foncé, les cheveux longs. Elle a l'impression de l'avoir déjà vu. Elle le trouve bien beau. Elle aimerait baiser avec lui, mais elle rejette aussitôt cette idée. Sa mère s'est fait avoir à l'époque, dans le même village, dans le même hôtel. L'histoire ne se répétera pas.

— Paraît qu'on est parents, toi pis moi, de loin, dit le beau gars à Alice.

— Ah oui ?

Cela lui revient. C'est le gars qui était venu chercher les pêcheurs à la gare. Alice a envie de fumer. Charlie sert la bière.

— Un Export A, des légères, demande Alice à Charlie.

— Mon grand-père était l'arrière-petit-petit-cousin de ta grand-mère, quelque chose comme ça, dit le gars à Alice.

— C'est loin, ça.

Il lui tend la main.

— Jimmy.

Charlie revient avec les cigarettes. Alice paie.

— Connaissais-tu mon père ? demande Alice.

— Non. Y a pas très longtemps que je suis dans le coin, répond Jimmy.

— Et qu'est-ce que tu fais dans le coin ?

— Je travaille à la pourvoirie.

— Et qu'est-ce que tu fais à la pourvoirie ?

— Je guide les pêcheurs sur le lac. Y a beaucoup de travail. C'est la grosse saison. C'est plein. Après, ça va être la chasse.

Jimmy s'arrête pour boire une gorgée de sa bière.

— Quand ils m'énervent, qu'ils disent des conneries, je leur parle pas. Parfois, je parle pas de la journée, ajoute Jimmy, pince-sans-rire.

Alice s'esclaffe. Elle imagine le gars qui ne dit rien, qui ne répond même pas quand on lui pose une question, la tête des pêcheurs, le malaise.

Puis, elle cesse de rire. Le silence est une arme puissante qui vous fait sentir coupable, incompétent, impuissant. Isaac l'utilisait souvent contre sa mère et même contre elle. Pour se défendre contre quoi ? Alice l'ignore. Mais dans la poitrine d'Alice, l'angoisse à tout coup.

— Willie, viens saluer ta nièce! dit Charlie à l'homme qui arrive au comptoir.

Willie s'approche d'Alice, il se penche vers elle et il l'enlace. Alice ne peut plus bouger.

— Hé! Lâche-moi! dit Alice.

Jimmy prend Willie par les épaules et essaie de le faire reculer.

— C'est la fille de mon frère! dit Willie.

— Oui. Mais laisse-la, dit Jimmy. Retourne t'asseoir là-bas. Tu lui parleras quand tu seras pas saoul.

Willie lâche prise. Il marmonne quelque chose et accepte de battre en retraite vers sa table. Alice ramasse son paquet de cigarettes. Elle tremble.

— Salut, dit Alice à Jimmy.

— Qu'est-ce que tu fais? Hé! T'as même pas terminé ta bière!

Alice se presse vers la sortie.

5

Lucy s'appuie sur son avant-bras, tend l'oreille. Elle vient d'entendre un cri. La petite Minnie dort paisiblement à ses côtés et le bébé, dans son hamac. Dehors, les premières lueurs de l'aube. « C'est la fille qui rêve », pense-t-elle.

Dans la chambre, Lucy s'approche précautionneusement d'Alice pour ne pas la réveiller. Elle se penche au-dessus d'elle et l'observe. Le souffle est régulier ; le visage, paisible. Où peut-elle bien être rendue, là-bas, derrière ses paupières ? Elle passe la main sur le front d'Alice, doucement, maternellement : pas de fièvre. Elle ressort sur la pointe des pieds.

❖

Des tartes aux bleuets, encore fumantes, sont sur le comptoir de la cuisine. Lucy achève de rouler une pâte, puis elle entreprend de dépecer les perdrix. Alice coupe des oignons.

— J'ai pas de souvenirs de la maison, mais on dirait que je me souviens de l'odeur, remarque-t-elle.

— J'ai mis à cuire un morceau d'orignal, dit Lucy.

Alice soulève le couvercle du chaudron, hume le fumet de la viande.

— J'ai rencontré un gars hier soir. Il dit que nous sommes cousin cousine, déclare Alice.

— Ah ! Qui ça ? demande Lucy.

— Jimmy.

Lucy cherche dans sa tête.

— Il dit que ses grands-parents ont bien connu mon père, précise Alice.

— Jimmy ? Je connais pas de Jimmy.

Puis, le visage de la vieille femme s'illumine.

— Jimmy. Oui, oui, dit-elle. Vous êtes parents, toi et lui, c'est vrai. Par ta grand-mère. Katrin et Walter, ses parents, sont bien chanceux. Il s'occupe d'eux. Moi, y a pas grand monde qui pense à m'aider. La seule chose que tout le monde sait faire, c'est me donner de l'inquiétude.

— Est-ce qu'ils vivent à Mékiskan ? demande Alice.

— Dans le bois, répond Lucy.

— Ah.

— Ce petit gars-là te ferait un bon mari.

— Pourquoi vous dites ça ? demande Alice, surprise. Vous le savez pas, j'ai peut-être un mari.

— T'en parles jamais, dit Lucy.

— On peut pas se marier entre cousins ! s'exclame Alice.

— Cousins, cousins… De très loin… Ici, tout le monde est parent, dit Lucy.

L'idée de baiser ressurgit. Le désir dans le ventre d'Alice.

Lucy essuie ses mains à son tablier et elle tâte le bras d'Alice. Comme pour évaluer la situation.

— T'as seulement la peau et les os. Es-tu malade ? demande Lucy.

— Non, répond Alice.

— Tu manges pas assez. De la viande de bois, c'est ce qu'il te faut. Maigre comme t'es, tu pourras pas te trouver un mari. Et tu pourrais pas portager le canot.

— Portager un canot ! Sur mon dos ? Ça risque pas de m'arriver à Montréal !

— En tout cas, c'est pas bon pour avoir des enfants, ajoute Lucy.

— Des enfants, j'en veux pas !

Lucy la regarde du coin de l'œil. Elle dépose les morceaux de perdrix dans un grand plat, ajoute les oignons et le lard. Elle recouvre le tout d'une pâte souple. Pour elle, une femme qui ne veut pas d'enfants, ce n'est pas une femme. Elle, elle en a eu plein les bras, des enfants. Elle ne pouvait pas imaginer sa vie autrement. Sans les pleurs, les rires, les vêtements à réparer, la nourriture à préparer, les soins à donner, les nuits à veiller. À quoi ressemble une vie sans tout cela ?

— Vous trouvez que c'est bon de mettre des enfants au monde dans ça ?

Lucy s'arrête.

— Dans quoi ?

— Dans le monde !

Alice a bien raison : le monde est terrible. Lucy n'a rien à redire là-dessus. Mais pour elle, c'est quand même dans l'ordre des choses de donner la vie. Elle prend le pâté de perdrix et le met au four.

— À part ça, j'ai peur d'être comme lui, ajoute Alice.

Lucy sait qu'Alice parle d'Isaac. Elle reconnaît la colère dans le ton de la fille et sur son visage, chaque fois qu'il est question de lui.

— Pourquoi ? demande Lucy.

— J'ai peur d'être pourrie à l'intérieur, pourrie dans mes gènes ! répond Alice.

Isaac était le plus charmant garçon que Lucy ait jamais connu, après son Johnny. La vie l'a-t-elle transformé à ce point ? à un point tel que sa propre fille le hait maintenant et redoute de lui ressembler ? Et qu'est-ce que c'est que cette histoire de gènes ? Lucy sait que les gènes ont à voir avec la couleur des yeux et des cheveux. Mais est-ce qu'ils transmettent aussi le malheur ? Lucy voudrait aider Alice, l'apaiser. Mais elle n'est elle-même convaincue de rien. À la fin de sa vie, malgré tout ce qu'elle a vu et entendu, elle est toujours aussi déroutée par la part de mystère qu'il y a toujours en tout. Est-ce que les savants ont trouvé des réponses à toutes les questions que les êtres humains se posent ? Peut-être bien. Mais pour elle, science ou pas, la vie apporte son lot de bonheur et de malheur. Vivre demande une bonne dose de courage. Il faut parfois baisser la tête, mais les bras, jamais. Elle entreprend de rouler une autre pâte.

Alice regarde Lucy qui s'affaire. Elle comprend que la vieille femme n'ajoutera rien. Avec elle comme avec son père, c'est la conversation minimale.

Pour Alice, les gènes, c'est du vrai, du solide. Elle imagine des centaines de minuscules rondelles rouges, jaunes, bleues et vertes, attachées les unes aux autres, dans ses cellules. De génération en génération, elles se perpétuent par l'entremise des spermatozoïdes et des ovules. Agencées selon un ordre très précis, elles vous transmettent la couleur des yeux de votre mère, le sens de l'humour de votre père, les bassesses de l'un, les tares de l'autre, vous enlevant toute chance d'exister selon votre propre originalité. Les dés sont jetés dès le départ.

Alice pense aussi que, dans son ventre à elle, la petite chose est déjà atteinte de la même folie, du même mal qui les détruit, les uns après les autres. C'est pourquoi elle doit la faire disparaître. Il en va de l'avenir de l'humanité.

Du bruit dehors. Lucy laisse tout et va vers la fenêtre. Dans l'entrée, Samuel enfourche son vélo. Lucy pense qu'un enfant sans père, avec une mère à l'hôtel, sans personne d'autre autour de lui qu'une vieille courbaturée marchant avec un bâton, n'a pas de chances d'éviter le pire. « Même les bêtes ne vivent pas comme ça. Elles tuent pour leurs petits. Jeannette les abandonne et elle se tue elle-même », pense-t-elle.

— Mon oncle Willie était là, dit Alice.

Lucy revient d'un coup à une autre réalité. Elle se contente de soulever les épaules en signe d'exaspération.

— Jeannette aussi, ajoute Alice.

Lucy lui lance un regard noir et détourne la tête.

Samuel roule vers le village. Il porte ses gants noirs coupés aux doigts, et sa mallette de vinyle est accrochée à son guidon. Samuel pédale, vite. Ça circule à toute vitesse dans ses veines. Il se sent fort. Ses idées sont claires. Il a un plan. Il va sortir sa mère de là et la ramener à la maison. S'il le faut, il va défoncer la porte de la chambre et battre ce Blanc. Tant pis si Charlie vient l'arrêter, le jeter dehors et s'il avertit les policiers. Les travailleurs sociaux viendront à Mékiskan et ils l'emmèneront dans une famille d'accueil. Il se sauvera. Il grimpera sur le train et il ira au Nord. Loin. Il ira là d'où ils viennent tous. Il vivra dans le bois. Et il ne reviendra pas.

Il n'y a personne dans les rues du village. Seul un grand chien au pelage jaune. En passant en face du magasin général, Samuel voit Jeannette affaissée dans les marches. Elle est saoule, sale, malade. Une vision d'horreur pour Samuel. Il s'arrête un peu en retrait, il s'allume une cigarette.

La femme du magasin général, celle qui sent le parfum et qui est toujours rouge, passe la tête par la porte entrouverte.

— Jeannette, tu vas faire peur aux clients, va-t'en! dit-elle.

— Donne-moi une bière! réplique Jeannette.

La femme retourne à l'intérieur. Samuel ne bronche pas. Puis, la porte du commerce s'ouvre de nouveau. Deux hommes, des Blancs, un dans la vingtaine et un d'âge mûr, sortent de l'épicerie. Ils soulèvent Jeannette par les bras et ils la traînent en bas des marches, jusqu'à l'arrière du magasin, dans la ruelle. Elle est lourde et ils doivent forcer pour réussir à la tirer. Jeannette proteste à peine, se contentant de se plaindre un peu. Samuel les suit. Les deux hommes laissent Jeannette au milieu des poubelles et ils retournent au magasin. Ils ne se préoccupent pas du garçon. Samuel fixe sa mère, qui ressemble à une baleine échouée. Puis, le Blanc qui accompagne Jeannette dans sa virée éthylique s'approche.

— Jeannette, viens-t'en.

Et, se retournant vers Samuel:

— Toi, fais de l'air!

Samuel roule vers la rivière. Il va vite, très vite. Il bifurque, dévale une pente. Il heurte une roche, manque de tomber, rebondit. Sur la rive, il ramasse du bois mort. Il allume un feu. Il s'accroupit. Il ne s'apaise pas. Le sang afflue à ses tempes. Des maringouins en masse autour de lui. Ça va vite dans sa tête. Trop vite. Il n'aime pas ça. Ça se précipite, ça tourbillonne, ça s'active. Il prend un tison et il le porte à son avant-bras. Rien d'autre n'existe alors que la brûlure sur sa peau. Elle recouvre tout le reste. Sa tête ne va pas exploser. Il tient le coup. Une seule idée persiste : un jour, il va tuer le Blanc. Sinon, c'est lui-même qu'il va faire mourir.

À la maison, Lucy est installée dans son fauteuil près de la fenêtre. Elle enfile une aiguille, se met à repriser une paire de pantoufles. Alice arrive dans l'entrebâillement de la porte avec une tasse de thé.

— J'ai sorti des choses qui appartenaient à ton père, dit Lucy. Elles sont à toi maintenant.

Curieuse, Alice s'agenouille pour regarder les objets sur la table basse du salon : une paire de mocassins, un lance-pierres, un petit objet rond fabriqué avec du laiton et des fils rouges et jaunes tissés comme une toile d'araignée, une chaînette avec une croix, un béret de laine noire. Alice est attendrie de voir la vie d'enfant de son père étalée sous ses yeux.

Lucy coupe le fil avec ses dents. Elle tend à Alice les pantoufles de laine rouge.

— Tiens. Elles étaient à ta grand-mère, dit-elle sur un ton solennel. J'ai pensé te les donner.

Alice, qui a déjà mis le béret, enfile les pantoufles. Lucy est émue.

— Le béret était à elle aussi, dit-elle.

— Est-ce que je lui ressemble ? demande Alice.

Dans l'esprit de Lucy apparaît le visage d'Agnès, jeune, belle, ses yeux rieurs, son large sourire.

— Ah non ! dit-elle.

— Je sais bien. Je veux pas dire les cheveux, le visage, les yeux, précise Alice. Je veux dire le caractère ou n'importe quoi d'autre.

— Agnès était enjouée, agile comme une loutre. Elle aimait rire. Toi... T'es plutôt sérieuse. Mais il y a des choses qui se voient pas. Son sang coule dans tes veines.

Alice est remuée par les paroles de la femme. Lucy range ses articles de couture dans un panier à ouvrage. Alice retourne vers la table et elle prend ce qui ressemble à une toile d'araignée.

— C'est quoi ?

— Ça protège, lui dit Lucy à l'oreille, comme s'il s'agissait d'un secret.

Elle prend le talisman des mains d'Alice et elle le fixe à l'aide d'une épingle à ressort sur la camisole de la fille.

— Tu l'attaches en dedans, le plus près de la peau. C'est Agnès qui l'a fait. Elle l'a donné à ton père le jour de son départ.

Alice questionne Lucy des yeux.

— Quand ils sont venus le chercher, dit Lucy.

D'un mouvement de la tête, elle indique la fenêtre.

— Ils sont arrivés par là. Y a bien des choses que tu sais pas toi, hein ?

Lucy se rend à la fenêtre. Alice la suit.

— Qui est arrivé par là ? demande Alice.

— C'était Damien, le père de Priscille, qui conduisait, répond Lucy.

Lucy revoit la Chevrolet noire rutilante, Damien avec sa casquette. C'était une journée de fin d'été.

— Le taxi s'est arrêté dans l'allée, reprend Lucy. À l'arrière, y avait un prêtre et un policier de la Gendarmerie royale. Les deux hommes portaient leurs uniformes. Le prêtre avait sa soutane longue, noire ; le policier, son pantalon avec une rayure jaune. On était en train de coudre, ta grand-mère pis moi. Agnès taillait une peau d'orignal pour faire des mitaines et moi, je travaillais sur le petit moulin à manivelle. Je confectionnais des vêtements pour les enfants. Je suis allée à la fenêtre quand j'ai entendu l'auto. Aussitôt que j'ai dit : « Des Blancs », les enfants ont couru dans la chambre pour se cacher.

— Mon grand-père Antoine était blanc, lui aussi. Pourquoi les enfants ont eu peur ? demande Alice.

— Les Blancs, ça voulait dire les Autres, ceux qui vivent pas avec nous, comme nous. Les étrangers.

Lucy se rassoit dans son fauteuil. Alice s'agenouille près d'elle.

— Ils ont frappé à la porte. Y avait juste les Blancs qui frappaient à la porte dans ce temps-là. Agnès osait pas leur ouvrir. Mais ils insistaient. Alors, elle les a fait entrer. Le policier a enlevé son chapeau. Y avait presque plus de cheveux. J'avais jamais vu une tête comme ça, luisante sur le dessus. Le prêtre portait pas de chapeau.

— Est-ce que c'était le même prêtre que celui qu'on a vu à l'église ? demande Alice.

— Non, non, répond Lucy.

Après un instant de silence solennel, Lucy reprend.

— Ils se sont assis à la table. Moi, j'étais avec les enfants dans l'embrasure de la porte de la cuisine. Les petits s'agrippaient à moi. Ils avaient peur comme si des démons étaient entrés dans la cabane. Le policier parlait seulement en anglais. Comme le prêtre connaissait toutes les langues, c'est lui qui traduisait. Il a dit : « Il vient chercher ton fils Isaac pour l'amener au pensionnat pour les Indiens. C'est la loi. Si tu refuses, il va te mettre en prison ! Prépare son bagage pour l'année. Dépêche-toi, le train va partir bientôt. » Agnès était terrorisée. Elle ne disait rien. Les deux hommes se sont parlé encore un peu en anglais, puis le policier est sorti. Le prêtre a demandé à voir Isaac. Ton père a couru se cacher en arrière. Le prêtre a averti Agnès qu'il fallait pas qu'Isaac se sauve parce que le policier allait se fâcher. Il a dit aussi que c'était une chance pour Isaac d'aller à l'école, qu'ils allaient l'éduquer, lui montrer à prier et qu'il deviendrait un bon fermier. Ensuite, il s'est levé, il a regardé les enfants, il m'a regardée et il est parti. Isaac pleurait. Il suppliait Agnès. Il voulait pas partir.

Lucy regarde Alice qui écoute, qui ne dit rien. Elle décide de tout raconter à la fille. Les poisons qui intoxiquent son cœur s'échappent enfin.

— C'est là qu'Agnès a fixé le talisman sur le sous-vêtement de ton père. Lui, il tremblait de peur et de peine. Elle l'a regardé dans les yeux et elle lui a dit de le porter toujours sur lui pour que le mal et la maladie l'atteignent pas.

Lucy quitte subitement la pièce, passe par la cuisine, dépose son panier de couture et sort dehors. Alice l'accompagne.

À l'extérieur, dans la quiétude apparente de l'après-midi, Lucy s'arrête sur la butte qui surplombe le chemin de terre. Devant la talle de bouleaux et derrière les épinettes. Elle a besoin d'être là où cela s'est passé. Si le souvenir de ces événements est tatoué dans sa mémoire à elle, les arbres qui en ont été les témoins silencieux en ont peut-être conservé des traces dans leur être végétal. Elle a besoin d'eux pour l'inspirer et la soutenir.

— Damien était accoté sur son taxi. Il fumait. Il nous connaissait bien mais, ce jour-là, il faisait comme s'il nous avait jamais vus. Le policier a parlé en anglais. Damien a lancé son mégot, pis il a embarqué dans l'auto. Nous autres, on était ici. Le policier s'est approché, pis il a ramassé le bagage d'Isaac qu'Agnès avait mis par terre. Il

lui a fait signe de monter. Isaac bougeait pas. Le prêtre a dit
à ta grand-mère : « Dis à ton garçon d'être raisonnable, on
va le ramener l'été prochain. » Alors là, ton père s'est mis à
courir, il a dégringolé la pente. Je l'ai vu bondir par-dessus
le fossé, prendre le bois. Le policier était en maudit. Il est
parti à ses trousses. Ç'a pas été long qu'il l'a rattrapé. Le
pauvre petit.

Lucy fait une pause. Elle se racle la gorge, crache par
terre.

— Le prêtre nous a dit de nous mettre à genoux.

— Pourquoi ? demande Alice.

— Pour nous bénir, répond Lucy.

Alice se sent entre l'écœurement et la colère.

— Agnès pleurait, poursuit Lucy. On pleurait tous.
Alors le prêtre a dit que ce serait une bonne idée qu'Antoine
et Agnès se marient et qu'ils fassent baptiser leurs enfants.
Comme ça, une fois baptisés, ils seraient plus des Indiens
et ils pourraient aller à l'école du village avec les petits
Canadiens français. Ils seraient plus obligés de partir au
loin.

Lucy revoit le taxi qui s'éloigne. Agnès pétrifiée pendant un moment, puis qui se laisse choir par terre, qui se
couche la face contre le sol. Qui ne bouge plus, qui dit
qu'elle ne se relèvera plus tant que son fils ne lui sera pas
rendu.

Lucy fait quelques pas vers le chemin de terre. Puis elle
s'arrête, continue de regarder au loin tout en essuyant les
larmes aux coins de ses yeux. Minnie, qui l'a rejointe, lui
prend la main.

— Nos enfants mouraient de faim, de maladie. Mais ça
leur suffisait pas. Il fallait qu'ils viennent nous arracher

ceux qui nous restaient. Qu'est-ce qu'ils pensaient ? Qu'on n'avait pas de cœur ?

Alice est décontenancée.

— Ils ont pris nos enfants, les uns après les autres. Quand ils revenaient, ils étaient plus les mêmes. Ils avaient de la difficulté à parler notre langue. On aurait même dit qu'ils avaient dédain de nous.

Lucy se souvient de l'Isaac qui était revenu une année plus tard. Il portait un pantalon propre et une chemise blanche. À son cou, une chaînette avec une croix. Aucun sourire sur son visage.

— Ce qui s'est passé, dans ce pensionnat-là, on l'a su plus tard, bien plus tard, ajoute Lucy. Par d'autres. Nos enfants nous ont jamais rien dit. Pour nous, c'était même pas pensable qu'ils battent les enfants, qu'ils abusent d'eux. Ton père t'a pas parlé de ça ?

— Non. Il disait qu'il avait rien à raconter, juste des affaires à oublier.

— La mémoire, ça s'efface pas. Même si on veut, on peut pas.

Au loin, Samuel approche en vélo. Alice, Lucy et Minnie le regardent jusqu'à ce qu'il arrive à leur hauteur et qu'il passe à côté d'elles. Il est sombre. Alice le trouve encore plus fermé, plus buté que d'habitude. Lucy s'inquiète.

— *Kokoum*[1] *!* Le bébé pleure ! dit Minnie.

❖

---

1.   Grand-mère.

Lucy lave précautionneusement la brûlure. Puis elle applique une pommade et elle recouvre le bras d'une gaze.

— Je veux plus que t'ailles au village. Je veux plus que tu te fasses mal comme ça. Elle va revenir, ta mère. S'il le faut, j'irai la chercher.

Lucy serre son petit-fils contre sa poitrine. Samuel respire l'odeur de sa grand-mère. Il voudrait qu'elle le garde là toute la nuit, toute la vie.

Le bébé, couché dans le hamac suspendu au-dessus du grand lit, gazouille et se tortille. La vieille femme se soulève et le berce d'un mouvement de la main. Lucy pense à Jeannette et aux enfants. Il faut que cela change. Avant qu'elle meure à son tour. Puis, elle se tourne sur le côté, son ventre contre le dos de Minnie qui vient de s'endormir.

— Tu vivras. La terre te prendra pas. Ni les hommes. Ils viendront pas te chercher. Je suis là. Je te tiens à l'abri des loups, murmure Lucy qui souhaite que ses mots s'impriment dans le cœur de la petite endormie.

Puis, tout bas, elle fredonne un air qui vient du fond des temps, de très loin en arrière, du passé dans les territoires. Lucy sombre dans le sommeil avec le désir de retourner en rêve au campement, dans le bois, au Nord, et de revoir le visage de sa mère.

❖

Alice est étendue sur le grand lit, de l'autre côté de la cloison, le talisman de son père sur son ventre nu. Au loin, le sifflement du train perce l'air de la nuit. Alice pense que toute la magie du monde, tous les talismans, grigris, fétiches et amulettes n'ont jamais réussi à protéger qui que ce soit. Elle se demande si la petite chose qui grandit en elle a un destin programmé à l'avance. S'il n'est pas déjà prévu que la chose sera abandonnée, humiliée, battue, violée ou encore qu'elle se suicidera. De toute façon, Alice est certaine que cette chose lui gâcherait la vie si elle naissait. Cette dernière est vraiment une erreur. Une vie en trop dans son corps à elle. Sa décision est prise. Jamais Alice n'aura à faire comme Louise, sa mère : s'enfuir avec sa chose pour la sauver et échouer.

6

Après avoir avalé de la bannique aux bleuets et une gorgée de thé, les yeux à peine ouverts et le corps engourdi par le sommeil, Samuel et Minnie suivent Lucy dans le sentier derrière la cabane. Leur grand-mère marche d'un pas alerte, tandis qu'ils traînent de la patte. Ils n'aiment pas se faire réveiller à l'aube, car cela signifie qu'ils vont devoir besogner et qu'ils devront peut-être même marcher durant des heures, dans le bois, pour ramasser ceci et cela. Et leur grand-mère ne donne jamais d'explications. Elle se contente de donner des ordres, qui débouchent rarement sur une aventure exaltante.

Au bord de la rivière, Lucy coupe du cèdre. Un peu plus haut, sur la butte, elle fouille dans la terre pour en extirper des racines orange. Puis elle désigne des bosquets de thé du Labrador.

— Prenez-en beaucoup de cette sorte-là. C'est les meilleurs, dit-elle.

Ce matin, Lucy a décidé qu'ils iraient tous au campement de Katrin et de Walter. Elle veut inviter les vieux au festin d'Isaac et leur demander s'ils ont de la viande sauvage pour elle. Elle veut aussi éloigner Samuel du village jusqu'à ce que Jeannette se décide à revenir à la vie, et elle veut faire quelque chose pour Alice. La maison et les vêtements sont propres, elle a cuisiné plusieurs tartes, pâtés, banniques et beignets qu'elle a rangés au congélateur. Il fait déjà beau et chaud, moins humide que les jours précédents, et il n'y aura pas de pluie. Par temps sec, les douleurs dans ses jambes se tiennent tranquilles. C'est donc la bonne journée pour entreprendre l'expédition. Ils dormiront au campement et ils reviendront demain.

❖

Après avoir ramassé un ballot d'herbes médicinales qu'elle a déposé dans un sac de toile blanche, après avoir préparé les bagages et le goûter pour la route, Lucy va réveiller Alice.

— Alice, lève-toi.

Alice ouvre un œil. La chambre est encore dans l'obscurité ; elle ne perçoit qu'une faible lueur à la fenêtre.

— Ça fait longtemps que je suis debout, dit Lucy. Tout est prêt, On part pour deux jours.

— Où ça ? demande Alice. C'est encore la nuit.

— Non, non, il est déjà tard. Viens manger.

❖

Les enfants sont grimpés à l'arrière avec les bagages. Le vieux camion roule sur le chemin de terre depuis un peu plus d'une heure, vers le nord-est, dans le sens opposé au village. Il fait chaud, mais Lucy ne veut pas qu'Alice ouvre les fenêtres, à cause de la poussière. Depuis une vingtaine de minutes, la route est très cahoteuse et Alice doit souvent ralentir pour éviter les crevasses et les roches.

— C'est là ! dit Lucy.

— Où là ? demande Alice.

Lucy indique une borne de kilométrage : 22 km.

— Là ! dit Lucy.

— Ah ! dit Alice en se rangeant sur l'accotement.

Rien d'autre qu'un fossé, des branchages, un vaste plateau désert qui s'étend de chaque côté de la route.

Lucy, Alice et les enfants descendent du camion et avancent sur ce plateau où, il n'y a pas si longtemps, se dressait une forêt qui a été complètement rasée. « Ils ont vraiment tout enlevé », pense Alice en posant ses yeux sur une grosse souche renversée à côté d'un trou béant. La vieille femme avance, tête haute, déterminée, s'appuyant légèrement sur son bâton. Alice transporte le sac de toile blanche contenant les herbes médicinales ainsi qu'un sac à dos rempli de vêtements de rechange, de couches et de victuailles. C'est Samuel qui transporte le *tiknagan* attaché sur son dos. Ils marchent tous sans parler. Malgré le soleil qui plombe et les moustiques, les enfants ne se plaignent pas.

À l'orée d'un bois, ils font une pause près d'un ruisseau. Lucy s'abreuve à même ses mains tremblantes. Alice et les enfants boivent aussi.

— Alice, peux-tu sortir les sandwichs du sac ? demande Lucy.

— On en a pour combien d'heures encore ? demande Alice en grattant les piqûres de moustiques sur son mollet.

Lucy se contente de hausser les épaules, tandis que Samuel jette un œil dédaigneux vers Alice.

Pendant le repas, les enfants embrassent le bébé et le chatouillent. Elle, elle n'en a pas du tout envie. Ses rires la laissent froide. Puis, il faut le changer, l'abreuver, le nourrir, le remballer et bien le ficeler dans le *tiknagan*. « Quelle corvée ! » pense-t-elle. Lucy se lève. Signal de départ.

Cette fois, ils avancent dans un sentier de sable bordé de sapinage. Lucy est toujours la première ; Minnie et Samuel la suivent. C'est Alice qui ferme la marche.

Un peu de fraîcheur émane encore de la terre, là où celle-ci reste longtemps à l'ombre. La forêt est dense, et Alice se demande pourquoi elle a été épargnée. « Ce ne sera pas long qu'ils vont tout ramasser », se dit-elle. Le soleil perce entre les arbres, et des oasis de lumière apparaissent par endroits. Alice est impressionnée par la beauté du sous-bois, par ses odeurs et par les sons qui en surgissent mystérieusement : relents de pourriture, effluves sucrés, cris d'oiseaux, battements d'ailes, bruits d'insectes, bruissements de feuilles, craquements. Elle pose son regard sur des touffes de fougères, des talles de champignons, des lichens roses et verts qui ont l'air de tapis moelleux déposés sur les rochers. Elle s'arrête un moment pour admirer de minuscules fleurs blanches sur lesquelles un rayon vient de s'installer. Puis, elle lève les yeux sur la forêt sombre. Un frisson de frayeur remonte sa colonne vertébrale. « Après tout, nous ne sommes que des intrus de passage, se dit-elle. Personne ne nous a invités. Ces lieux sont le domaine des ours, des loups, des orignaux, des loups-cerviers, des renards, de multiples souris, rats et autres animaux à pattes, à poils, à crocs et à griffes, tapis dans l'obscurité et prêts à bondir. » Alice se dépêche de rejoindre les autres qui l'ont devancée.

Après environ quarante-cinq minutes de marche lente et silencieuse, la vieille Lucy s'arrête. Un embranchement de sentiers. Alice l'observe qui regarde en haut, en bas, à droite et à gauche, en avant et en arrière, puis qui indique la droite avec son bâton. Ils repartent. Un peu plus loin, le chemin traverse un marécage. De chaque côté de la bande de sable et de roches, une immense éponge parsemée de mottes de terre boursouflées, recouvertes d'une chevelure végétale. Lucy s'immobilise et se penche légèrement. Elle ne dit rien. Elle examine le sol. Les deux enfants imitent leur grand-mère. Alice, qui les a rejoints, se penche aussi. Rien. Puis, ils se mettent à parler, dans leur langue, à regarder en tout sens, à aller vers le marécage, à descendre dans le fossé. Ils sont excités, souriants, et leurs yeux brillent comme s'ils avaient débusqué un trésor.

— Qu'est-ce qu'il y a ? demande Alice.

— Ils sont passés par ici, dit Lucy.

— Qui ?

— Une femelle avec son petit.

— Une femelle quoi ?

— Orignal.

Lucy se redresse et elle montre à Alice des empreintes de sabots qui traversent le chemin, puis descendent dans le fossé et disparaissent dans l'amas d'eau et de terre.

— Ça fait pas longtemps. C'est tout frais, ajoute Lucy. Ils doivent pas être loin.

— Et alors ? demande Alice.

Lucy feint de n'avoir pas entendu sa question, désolée qu'elle ne comprenne vraiment rien.

Ils poursuivent leur route, cette fois, au ralenti. Minnie traîne derrière et, à plusieurs reprises, il faut que Lucy s'arrête pour que la petite ait le temps de reprendre sa place juste derrière elle.

Ils débouchent enfin sur une éclaircie au bord d'un cours d'eau. Une grande tente blanche, un feu de camp. Un canot et une chaloupe avec un moteur sont amarrés sur la plage. Un jeune enfant s'amuse à mettre des bouts de bois dans le feu, pendant qu'une femme et un homme, très âgés, sont en train d'enlever, à l'aide de couteaux, la fourrure d'un animal étendu sur le sol. Samuel et Minnie courent vers eux. La vieille et le vieux, d'abord surpris, se lèvent ensuite pour aller à leur rencontre, tout excités d'avoir des visiteurs.

— *T anè ehitiin? Tchèkw ti'padjmoun hay pèdayin*[1]*?* demande la femme à Lucy.

— *Isaac tchi pounp'matissiou nédè oudènatch*[2], répond Lucy.

— *Wess sâ! Injawbew Isaac*[3], dit la femme, atterrée.

— *N'pèchouawnan outannsh Alice. Taba tchischayi-mouknan kiè mak eenou eetuuniou*[4], dit Lucy.

Lucy se tourne vers Alice.

— Alice, voici Katrin et lui, c'est son mari, Walter. Ce sont de bons amis. Ils gardent leur petit-fils, le fils de Jimmy. Tu sais, le gars que t'as rencontré à l'hôtel?

Alice acquiesce d'un mouvement de la tête. Elle est contente d'apprendre que le beau gars a un enfant et qu'il n'est donc pas libre. Ainsi, elle pourra baiser avec lui sans risquer qu'il s'attache et qu'il veuille être avec elle à toute heure du jour et de la nuit. Alice veut rester libre. Et la liberté, pour elle, c'est rigoler avec ses copines, traîner dans les rues et sortir dans les bars. Un jour, ce sera partir loin.

Katrin tend la main à Alice. La femme semble encore plus vieille que Lucy. Sa peau est foncée et ridée à un point

---

1. Qu'est-ce qui t'amène?
2. Isaac est mort dans la grande ville.
3. Quel malheur! Pauvre Isaac.
4. Je vous emmène Alice, sa fille. Elle ne sait rien de nous, elle ne sait rien du bois.

tel qu'aucune partie de son visage n'est libre de ridules et de rides, certaines très profondes. Ses yeux noirs brillent au fond de deux fentes obscures. Walter s'approche et, à son tour, il tend la main à Alice.

— *Outssinitssian ka chi papa'widjayouk kièmak ka chi widjimouk!* lui dit-il.

— Qu'est-ce qu'il dit? demande Alice en se tournant vers Lucy.

— Walter dit que s'il était jeune, il te ferait la cour pour te marier, répond Lucy.

Alice est à la fois étonnée et amusée.

— *Tchénou*[1] *!* dit Katrin à son mari.

— Ils parlent pas français? demande Alice.

— Ils le baragouinent comme ils peuvent, répond Lucy. Ils ont toujours vécu dans le bois, c'est pour ça qu'ils ont jamais appris le français ou l'anglais. Ils connaissent le cri, leur langue, pis ils parlent en algonquin et en attikamek, les langues des autres Indiens qui vivent par ici.

— Vous, comment ça se fait que vous parlez français?

— Je suis déjà restée au village, moi. Pis j'ai travaillé pour les trains. J'en ai lavé des toilettes, pis des banquettes!

Katrin regarde Alice tout en hochant la tête positivement, comme pour acquiescer à ce que vient de dire Lucy.

— *Ek mak Jeannette*[2] *?* demande-t-elle à Lucy.

— *Esh s'kum eh taytawktch*[3], répond Lucy en hochant la tête négativement. *Taïsp ka nip'hit*[4] *?* demande-t-elle à Walter en indiquant l'ours sur le sol.

---

1. Vieux bonhomme!
2. Et Jeannette?
3. Comme d'habitude.
4. Quand est-ce que tu l'as tué?

— *Out'tchèchèp, n'tchi powadaw*, répond l'homme. *N'tchi touk, n'gamtch k't'tann. N'tchi poussènn, ka achou-mèyan. N'mowi tchinewesh tchi spayou. Wipitch chi nouk'sou, chi'michout*[1].

Tandis que Walter indique de la main un endroit sur l'autre rive du lac, Alice le regarde ; il est grand et mince, sa peau est burinée et ses pommettes sont saillantes.

— Walter est un vrai shaman, dit Lucy. Il a beaucoup de pouvoirs. Les gens venaient de loin pour le consulter. L'ours, il l'a vu en rêve, tu sais ! Comprends-tu, Alice, ce que ça veut dire ?

Alice hausse les épaules, fronce les sourcils.

Après avoir pris soin du bébé, après avoir offert de l'eau, du thé et un bout de bannique, Katrin retourne à la peau de l'animal. Son mari et Lucy la rejoignent. Alice, assise sur une bûche, remarque qu'ils sont très attentifs à ce qu'ils font. Puis, Katrin lui fait signe d'approcher, ce qui la surprend. Elle ne s'attendait pas à ce qu'ils la convient au dépeçage.

Alice s'agenouille entre Lucy et Katrin. L'ours est presque entièrement dénudé, sans fourrure. Alice regarde la chair rouge, le sang. Elle touche du bout des doigts la peau de l'animal. Elle est partagée entre le dégoût et la fascination.

— On dirait un homme, dit-elle.

Walter lève les yeux. Lucy traduit en cri ce qu'Alice vient de dire. L'homme acquiesce en hochant la tête et poursuit son travail.

---

1. Ce matin, il est venu dans mon rêve. Il m'a dit qu'il serait juste en face, de l'autre côté du lac. Je suis monté dans mon canot, j'ai traversé. Je n'ai pas eu à attendre longtemps. En moins d'une heure, il était devant moi.

— *Chè bètayaïuk oudeyï èh muk'shanoutchè*[1], dit Katrin à Lucy.

— *Kiya*[2], dit Lucy sans arrêter de découper la bête.

Walter se lève pour aller nourrir le feu.

— *Wipitch chachi'chapayatchè, Alice kayta witchawnan. M'siwè chèkwâne n'chi bètann*[3], ajoute Lucy sérieusement, le regard tourné vers Katrin.

Ils continuent de parler en cri, et Alice aimerait bien comprendre. Ils se mettent à rire. Lucy en a les larmes aux yeux.

À la brunante, Katrin sert un ragoût d'orignal, des beignets aux bleuets et du thé, bien chaud et très sucré. Après avoir tout rangé, ils fument. Lucy et Walter, des rouleuses, Katrin, la pipe et Alice, ses légères.

— C'est la lune noire, dit Lucy.

Alice lève les yeux vers le ciel. Pas de lune. Ils entrent à tour de rôle dans la grande tente. Même Samuel, qui traînait depuis un moment sur la plage, ne se fait pas prier pour aller dormir. Alice demeure seule devant quelques braises, puis, peu rassurée, va les rejoindre. Il fait noir comme chez le loup et chez le loup, elle y est.

---

1. Vous rapporterez le cœur pour le repas des funérailles.
2. Oui.
3. Au lever du jour, on va s'occuper d'Alice. J'ai apporté ce qu'il faut.

7

Le matin est plus frais. Ça sent la fin de l'été. Sur la grève, les deux vieilles sont assises côte à côte, appuyées l'une contre l'autre. Elles portent chacune un fichu, une longue jupe, un gilet de laine et des espadrilles. Elles fument tout en regardant le jour se lever. Le bébé est installé dans son *tiknagan*. Walter, debout devant l'eau avec le fils de Jimmy, fait résonner son tambour. Le son, sourd, emplit l'air et se mêle au vent, au bruit de l'eau.

Les deux femmes se lèvent et entrent dans la tente. Elles s'approchent d'Alice, qui dort dans son sac de couchage étendu sur un vieux matelas, à côté de Minnie et de Samuel qui sommeillent à même le sol couvert de branches de sapin. Alice ouvre les yeux sur leurs visages penchés sur elle. Katrin est très sérieuse, tandis que Lucy affiche un sourire malicieux. Alice, surprise, n'ose pas dire un mot. Elle trouve que les deux femmes ressemblent à de petites sorcières. La vieille Katrin lui tend une tasse fumante.

— Bois ça, chuchote Lucy en s'approchant encore plus.

Alice ne sait pas si elle doit boire ou pas. Elle a presque peur.

— Qu'est-ce que c'est? demande-t-elle.

— C'est pour te purifier, répond Lucy.

— Me purifier?

Alice a envie de se moquer, mais elle se retient. Les deux femmes n'ont pas du tout l'air de vouloir plaisanter.

114

— Fais pas de bruit, dit Lucy.

Quelques minutes plus tard, Alice a enfilé son jean et son t-shirt et elle marche dans un sentier étroit derrière les deux femmes qui transportent les herbes médicinales, une casserole, des tasses, tout un barda. Elles arrivent rapidement à une petite tente en forme de dôme. Walter, assis auprès d'un feu, échange quelques paroles en cri avec les deux femmes et sourit à Alice. Katrin soulève un pan de la toile et Lucy fait signe à Alice de pénétrer à l'intérieur.

L'endroit est exigu, bas et sombre. Des branches de sapin fraîchement coupées recouvrent le sol. Tout au centre, un cercle a été creusé dans la terre.

— Assis-toi là, dit Lucy à Alice.

Alice s'assoit à l'endroit indiqué, près du cercle mais à distance de l'entrée. Les deux femmes chuchotent dans leur langue tout en disposant leurs effets dans un ordre qui, pour elles, est le seul possible. Alice se demande pourquoi Lucy et Katrin parlent tout bas alors que, de toute façon, elle ne comprend rien. Puis elles s'assoient à leur tour et elles gardent le silence.

— Qu'est-ce qu'on fait ici ? demande Alice

— Je te l'ai dit, répond Lucy, tu vas te purifier.

Alice ne se contente pas de cette réponse laconique ; elle insiste du regard.

— On va célébrer le rituel de la tente à suer, ajoute Lucy, voyant qu'Alice n'est pas satisfaite de sa réponse. C'est pour nettoyer ton âme des malaises qu'elle ressent. Ça va t'apaiser, tu vas voir. On va appeler les ancêtres, ils vont t'aider. Tu dois faire la paix, Alice.

Aussitôt dit, Lucy rabat vers l'intérieur le bout de toile servant de porte, et elles se retrouvent dans le noir.

— Enlève tes vêtements, dit Lucy à Alice.

— Mes vêtements ? Tout ?

— Oui, oui.

Alice s'exécute tout en pensant qu'elle avait raison et que les femmes sont bien des sorcières. Alice ne voit vraiment rien dans cette noirceur opaque, mais elle perçoit que les deux vieilles se dénudent aussi.

Puis, Walter passe sous la toile une marmite contenant des pierres brûlantes que Katrin dispose précautionneusement dans le cercle. Alice en compte sept ; elles sont rouges, incandescentes. Ensuite, Katrin lance, sur le cercle de pierres, une poudre faite d'herbages ou de pierres pulvérisées et, instantanément, des dizaines d'étoiles s'allument, illuminant l'intérieur de la tente. C'est alors qu'Alice voit les visages et les corps. Elle ne peut s'empêcher de regarder la peau striée et flasque, les seins tombant jusqu'à la taille et la longue cicatrice qui traverse l'abdomen de Katrin. Alice n'a jamais vu des corps de femmes aussi âgées. Katrin verse de l'eau sur les pierres et la magie des étoiles cesse aussitôt. L'obscurité remplit la tente. La vapeur d'eau sature l'atmosphère et leurs corps se couvrent de sueurs. Alice sent des pincements et des picotements sur son dos.

— Ça va te faire du bien, dit Lucy. Ça va faire sortir le mauvais.

Alice sent que Lucy lui passe des branchages sur le corps. Katrin verse encore de l'eau sur les pierres chaudes. Alice, qui n'a jamais pu supporter les saunas, craint de s'évanouir.

— Je me sens pas bien, réussit-elle à dire.

— Bois, ça va passer, dit Lucy en lui tendant une tasse d'eau froide. Laisse-toi aller. Si tu vois un animal ou quelqu'un, dis-le.

Alice trouve que c'est de la folie de penser qu'un animal ou quelqu'un puisse être dans cette tente et que, de toute façon, on n'y voit plus rien. Elle entend le son de l'eau que l'on verse encore sur les pierres. « Pas ça », se dit-elle. Il lui semble que la chaleur vient d'augmenter de cent degrés. Le brouillard recouvre tout. Elle entend Katrin et Lucy murmurer, puis psalmodier en cri. Elle peut sentir que les deux femmes se balancent légèrement d'avant en arrière. « Elles sont en transe », pense Alice, qui veut aussitôt sortir de là. Elle essaie de se lever, mais est incapable de bouger.

Les voix des femmes se font de plus en plus fortes. Puis, le son d'un tambour et celui d'un hochet résonnent. Ils emplissent l'air, se promènent, circulent dans la tente. Il semble à Alice qu'ils se sont arrêtés au-dessus de sa tête. Que leurs timbres, l'un sourd et l'autre composé de dizaines de billes d'argile qui s'entrechoquent, vont transporter son esprit au loin. Elle se sent lourde. Elle prend sa tête entre ses mains et elle ferme les paupières. Elle entre alors dans un rêve. Elle est une petite fille d'à peine quatre ans et elle est grimpée sur le dos d'Isaac qui court à grandes enjambées. Ensemble, ils traversent une clairière, un ruisseau et ils gravissent une montagne. Ils vont vite et il semble à Alice qu'ils vont s'envoler. Elle se sent légère, aérienne. Isaac est un oiseau aux larges ailes déployées. Il se retourne et lui sourit ; elle, elle rit aux éclats. Elle dépose la tête contre le dos de son père et elle sent sa chaleur contre sa joue. Elle respire l'odeur qu'elle aime. Elle ferme les yeux et elle perçoit la respiration d'Isaac, l'air qui entre et qui sort. C'est un vent chaud. Entre les muscles et les os, elle entend les battements de son cœur qui se mêlent aux battements du tambour, fusionnés dans une même pulsation.

Puis, abruptement, Alice revient dans la tente. À deux pas, devant elle, Isaac est là. Il est grand, beau, ses yeux brillent et il lui sourit. Bienveillant. Alice veut se lever, aller vers lui, le toucher, l'embrasser. Impossible. Son corps ne répond pas. Ses lèvres ne bougent pas non plus. Elle sent son cœur battre, très fort et très vite comme s'il allait exploser. Puis la vision s'évanouit. Plus rien. Une vague de peine monte depuis son ventre jusqu'à sa gorge. C'est un raz-de-marée qui la submerge. Elle pleure.

La vieille Lucy frotte le dos d'Alice.

— C'était lui ? demande-t-elle.

— Oui.

❖

La rivière est magnifique, large et tumultueuse. Alice est assise à l'avant de la grosse chaloupe. Elle veut tout voir. Les vieilles et les petits se sont installés au milieu. C'est Samuel qui conduit aux côtés de Walter. Personne ne bouge. Ils remontent le courant. Le cours d'eau serpente et file entre les caps rocheux, les talles d'aulnes et de noisetiers ainsi que les futaies de cèdres penchés au-dessus de l'eau. Walter fait signe à Samuel de virer vers la droite pour éviter les rapides devant eux. Le son des bouillons d'eau et des remous est assourdissant et Lucy tape dans le dos d'Alice pour attirer son attention. Elle lui indique, de la main, un immense nid construit sur les rochers au milieu de l'eau vive, et un oiseau qui vole très haut au-dessus d'eux.

— C'est un aigle, dit Lucy, fort, en se rapprochant le plus qu'elle peut d'Alice.

Ils entrent dans une baie. Alice remarque que l'eau y est plus noire, plus profonde. Elle se penche un moment au-dessus de la nappe obscure. Walter coupe le moteur, et la chaloupe glisse silencieusement vers une plage sablonneuse.

Quelques minutes plus tard, Alice est assise près d'un feu de bois avec les trois vieux. Ils boivent du thé et ils fument. Minnie s'amuse sur la plage, avec le fils de Jimmy, pendant que Samuel ramasse du bois mort. Le bébé dort, à l'abri des mouches noires et des maringouins, sous une moustiquaire accrochée aux arbres.

— Je pense que je suis déjà venue ici, dit Alice.

— C'est possible, répond Lucy.

Puis, d'un mouvement de la tête, elle désigne une colline derrière eux.

— Il faut que je t'amène là-haut.

— Ah oui ? Pourquoi ?

Lucy ne répond pas. Elle tire sur son mégot en regardant droit devant elle. Alice resterait bien sur la plage toute la journée, mais il est difficile de contrarier la vieille Lucy, qui ne donne aucune explication, comme à son habitude. Elle comprend maintenant que les questions ne servent à rien et qu'il faut attendre qu'elle se décide à parler.

— *Kay ta witjiyaw nètè wèchii nètè ishpimitch*[1], dit Lucy à Katrin et à Walter.

— *Nètè ishpimitch ? Awaskamaytè mah*[2] *!* s'exclame Katrin.

Lucy n'ajoute rien. Elle a déjà décidé de gravir la montagne jusqu'au sommet. Pour la dernière fois.

---

1. Je vais monter là-haut avec elle.
2. Là-haut ? Tu n'y penses pas !

❖

Alice, Lucy, Samuel et Minnie traversent des broussailles jusqu'à un sentier qui zigzague entre la rocaille, les fougères, les épinettes, les lichens et les bouleaux nains. Alice est aux prises avec les branches, les mouches noires et les cailloux dans ses sandales. Elle se plaint, dans sa tête. Puis, la montée devient plus abrupte et la vieille Lucy souffle et peine. Épuisée, elle s'assoit à même le sol, entre les sapins rabougris. Samuel et Minnie s'arrêtent pour regarder leur grand-mère qui leur fait signe de continuer. Alice s'assoit aux côtés de Lucy.

— Ça va? lui demande-t-elle en lui tendant une bouteille d'eau qu'elle avait dans son sac.

— Oui, oui.

Lucy aime bien la fille d'Isaac. Elle est contente de l'avoir avec elle et elle aimerait bien la garder un peu plus longtemps. « Mais à quoi bon avoir cette idée inutile? se demande-t-elle, tout en se cramponnant à une branche d'épinette pour se relever. Il me faudrait une vie de plus pour lui enseigner les rudiments de la vie dans le bois. »

Après une trentaine de minutes d'ascension très lente, elles parviennent au sommet. Les enfants y sont déjà.

— La Mékiskan, Alice!

Alice regarde, tout en bas, la rivière qui coule vers le nord, les rapides où l'eau galope en cascades, puis chute entre les rochers, tourbillonnant et filant à toute allure en laissant échapper de fines gouttelettes sur lesquelles viennent miroiter les rayons du soleil. Elle voit aussi la lisière d'arbres laissée par la compagnie forestière, le

long du cours d'eau, comme pour cacher aux naviga-
teurs la forêt dévastée par les coupes à blanc. Elle en est
choquée.

— Aussitôt que les enfants rentraient du pensionnat,
on remontait la rivière. Il y avait d'autres familles qui cam-
paient par là, dit Lucy en indiquant un endroit un peu en
retrait de la plage. On pêchait le doré, le brochet, l'estur-
geon… On passait l'été ici.

Lucy, souriante et exaltée, semble voir au delà du paysage de fin du monde qui s'étale, en un long plateau désert,
jusqu'à la ligne d'horizon.

Alice se désole de la triste réalité : on a tout arraché, les
enfants comme les arbres, et c'est la tristesse et l'amertume
qui se sont enracinées à leur place. Puis, le grondement de
l'eau résonne, encore plus profond et plus sourd, et le
regard d'Alice est de nouveau attiré vers la rivière. Éblouie
par la beauté, troublée par la puissance sauvage, Alice ne
peut en détourner les yeux. « En pénétrant dans toutes les
failles, les fentes et les crevasses de la terre, en imposant son
débit, se dit-elle, la rivière réussira peut-être à faire jaillir la
vie de nouveau, à régénérer le territoire, envers et contre
tous. Tant mieux, ils ne gagneront pas sur tous les fronts. »
Elle respire à fond, écoute encore l'eau qui coule, libre. Elle
a bon espoir que, dans une centaine d'années, la rivière ait
pris sa revanche.

Une bourrasque de vent lui fouette le visage.

— Ho ! s'exclame Alice.

— Ici, les esprits sont présents, dit Lucy, sérieuse.

Alice pense à Isaac qu'elle a cru voir dans la tente.

— Ohé les esprits, êtes-vous là ? lance Alice, mi-blagueuse,
mi-sérieuse.

— Dis-le en cri, suggère Lucy. Ils t'entendent. Ils te voient aussi.

— D'accord. Montrez-moi comment dire à mon père que je suis là.

— Répète après moi : *noutawi, Alice ni!*

Alice redit les mots en cri.

— Est-ce que c'est correct ? demande-t-elle.

— Oui, oui, répond Lucy.

Alors Alice redit les mêmes mots une fois, deux fois, trois fois, en français et en cri, et de plus en plus fort.

— Papa! C'est moi, Alice. Me vois-tu ? Je suis là. *Noutawi, Alice ni!*

Les enfants les rejoignent et se mettent, eux aussi, à appeler les morts de la famille.

— Grand-père Johnny! crie Minnie.

— Cousin Paul, crie Samuel.

— Mon petit chien… lance Minnie spontanément.

Un courant de légèreté et de joie passe sur eux. Ils éclatent de rire. Alice a le cœur léger. C'est une sensation nouvelle pour elle. Elle les regarde, elle les aime. Puis, elle se fige : Samuel vient de lui sourire. Mais il se ressaisit aussitôt. Un moment d'inattention pour lui. Il a baissé la garde.

❖

En fin d'après-midi, ils sont tous de retour sur la pointe de sable. Le vent est tombé. Le ciel commence, à l'ouest, à se teinter de rose et d'orangé. Lucy retrouve Katrin et Walter auprès du feu, tandis que Samuel et Minnie embrassent et chatouillent les plus jeunes, ramassent leur attirail et partent à la pêche sur les rochers.

Alice, en t-shirt et en short, entre dans l'eau. Le froid lui coupe les jambes. Elle persiste, avance encore. « C'est la taille qui est le plus difficile à passer », se dit-elle. Le fond, qui devient spongieux et couvert de résidus douteux, se dérobe soudainement et Alice est complètement immergée. Elle refait surface et, en quelques brasses, elle s'éloigne encore de la rive. Au bout de son souffle, elle se laisse flotter sur le dos. De gros nuages flottent au-dessus d'elle. Puis, elle prend une bouffée d'air, plonge et nage vers le fond. Autour d'elle, tout est noir. Un courant froid l'enveloppe. En état d'apesanteur et en voie d'hypothermie, elle ne sent presque plus rien. Elle ferme les yeux. Engourdie, elle est bien. Un instant, elle a la tentation de se laisser aller, de dériver avec le courant. Comme la rivière, elle courrait à toute vitesse, se déploierait, grandirait en force ; géante et invincible, elle ne s'inquiéterait plus pour rien. Alors elle pense à la chose qui vit dans l'eau de son ventre, comme elle, maintenant, dans la matrice de la terre. « Est-ce qu'elle sent quelque chose ? Est-ce qu'elle sait qu'elle est là ? » se demande-t-elle. En ouvrant les yeux, elle voit la lumière se réfracter dans l'eau qui semble jaune à la surface. Un peu plus loin, des algues. Sentant ses poumons au bord d'exploser, elle remonte.

Lucy est soulagée de la voir réapparaître. Pour elle, ce qui disparaît sous l'eau n'en revient pas.

— *Namowi ka chi pa'kashimou èh chichig'mitch nibiyou*[1], dit Katrin.

— *Shash n'tchi daw, namowi i wi po'kaw*[2] ! répond Lucy.

---

1. C'est pas très bon de se baigner dans l'eau froide.
2. Je lui ai dit, mais elle n'en fait qu'à sa tête !

— *Namowi mèkwatch i kanoskata'ossou. Chaschina-tayimaw aka i kanoskata'ossout? Atch'you iyishinawkouniou os'chisshouk*[1], dit Katrin.

Lucy crache un morceau de tabac et jette un œil oblique vers son amie.

Alice les rejoint près du feu, enroulée dans une couverture en guise de serviette de plage. Pendant que Katrin s'empresse de lui servir un bon thé chaud, Lucy l'examine de la tête aux pieds. « C'est vrai que Katrin a toujours eu l'œil pour savoir qui attend un enfant, se dit-elle. Mais Alice n'a ni ventre, ni hanches, ni seins, elle ne vomit pas le matin, elle n'a pas de taches sur la peau. La lumière, oui, peut-être la lumière dans ses yeux. »

Minnie arrive en courant, suivie de son frère.

— Alice, on en a cinq! dit la petite en exhibant fièrement de belles truites de rivière.

C'est Lucy qui fait cuire les poissons et Katrin qui s'occupe de la bannique. Minnie montre quelques mots en cri à Alice en désignant la poêle, le feu, les braises, les poissons… Alice écoute attentivement son jeune professeur et répète les mots en cri.

— *Némessit*[2], répète Alice.

— *Sibi*, dit Minnie en montrant du doigt la rivière.

— *Sibi*, dit Alice.

— *Nipi*, c'est l'eau, dit Minnie.

Après avoir mangé et bu le thé chaud et sucré préparé par Katrin, ils fument.

---

1. Heureusement qu'elle n'est pas enceinte. Es-tu certaine qu'elle n'est pas enceinte? Il y a quelque chose dans son regard.
2. Poissons.

❖

— *Shah ma! Walter. Èga echk chè yout'kiè mak chè tipis-kat*[1], dit Lucy en se levant subitement.

— *Min wapichè chè oti'kwachayeik. Chi wichamitènn chè nipayin out waskahikenminatch*[2], dit Katrin.

— Grand-mère, dis oui! s'écrie Minnie.

— *N'mowi, n'mowi, ni wi iyimhan wapichè, dit Lucy. Walter, petch witjiounan nashbètèmtch*[3].

Walter acquiesce d'un mouvement de la tête.

— On va repasser au campement chercher nos choses. Ensuite, Walter va nous reconduire en chaloupe au bout de la crique, près du kilomètre 22. Je pense que mes vieilles jambes pourraient pas faire le chemin du retour. Et puis, les petits doivent être fatigués, dit Lucy à Alice.

❖

De retour chez elle, assise dans son fauteuil, la tête bien appuyée, les yeux fermés, Lucy se laisse tremper les pieds dans une bassine.

— J'ai aimé cette journée, dit-elle à Alice étendue sur le divan. Le doré était bon! Mon mets préféré, c'est le rat musqué. As-tu déjà goûté au rat musqué?

Alice se redresse un peu.

— Ça se mange, du rat musqué?

— Bien sûr! Ça a un goût très fin.

---

1. Allons-y, Walter. Avant que le vent se lève et que la noirceur tombe.
2. Nous allons revenir pêcher demain. Reste encore une nuit au campement.
3. Non, non. Je veux aller à la messe demain matin. Walter, viens nous reconduire au bout de la crique.

— Juste à y penser, le cœur me lève.

— Il faudrait que je t'apprenne à mettre des pièges.

— Mettre des pièges?

— T'as raison, tu pourrais pas.

Alice est déçue que Lucy la croit si malhabile.

— C'était la belle vie, ça, aller à la pêche, vivre dehors… dit Alice.

— Oui. Mais pas toujours aussi facile que tu sembles le croire.

— Pourquoi vous êtes venus par ici? Pourquoi vous êtes pas restés dans vos territoires?

Lucy se rembrunit.

— Certains hivers, y avait rien à manger, répond-elle. Pas de castors, pas de lièvres, pas d'orignaux. On était malades, Alice, on avait faim. Fallait partir, fallait trouver du travail pour être capables d'acheter de la nourriture. On n'a pas eu le choix.

— Vous êtes plus jamais repartis d'ici, dit Alice.

— Ouvre donc la télévision, dit Lucy en changeant de ton et de sujet. Je veux voir ce qui se passe dans les autres pays.

8

Le lendemain matin, Lucy entre dans la cuisine avec des vêtements différents de ceux qu'Alice l'a vue porter tous les jours depuis son arrivée : une jupe ample, avec des motifs à carreaux, et une blouse jaune qui ne lui est pas assortie mais qui, tout comme la jupe, est en meilleur état que ses vêtements habituels. Ses cheveux sont tressés impeccablement et elle a noué son éternel fichu sous son menton.

— Où est-ce que vous allez comme ça ? demande Alice qui termine son petit-déjeuner.

— À l'église. C'est dimanche, répond Lucy.

Lucy a mal rêvé et elle s'est réveillée avec une amertume qui l'empêche de se sentir en paix. Prier va changer son humeur, elle en est convaincue. Au retour, elle consacrera le reste de la journée aux derniers préparatifs pour le festin des funérailles : cuire le cœur de l'ours.

— Pourquoi pas votre ancienne religion ? demande Alice.

— Je fais les deux, répond Lucy. Je prends pas de chance.

Alice sourit. Deux dieux, en effet, valent mieux qu'un. Mais peut-on les prier tous deux à la fois, question d'économie de temps, ou bien faut-il les prier deux fois plus souvent, question de jalousie ? Les dieux discutent-ils entre eux avant de décider s'ils feront dans le malheur et les

127

épreuves ou bien dans les grâces et les récompenses ? Ont-ils seulement le souci de les épargner ? Alice en doute sérieusement. Ces salauds sont sûrement trop contents de les voir se mettre à genoux, soumis, la tête baissée, implorant, promettant, se repentant. À l'occasion, mais rarement, les dieux leur font une aumône de bonheur, question d'entretenir la croyance en eux et, même, de les faire crier au miracle.

— Est-ce que les enfants y vont aussi ? demande-t-elle.

— Minnie va venir avec moi. Samuel va sûrement en profiter pour flâner…

Quand Alice et toute la famille entrent en camion au village, un peu plus tard, on entend sonner les cloches de la chapelle. Lucy se met à fredonner un chant religieux. Alice a l'impression étrange que la voix chevrotante de Lucy, les notes hautes, les mots en cri, mêlés à « Jésus » par ci et « Jésus » par là, transfigurent la réalité, la rendent presque belle. « Et pourtant, pense-t-elle, le Mékiskan du dimanche a l'air du Mékiskan de tous les jours. » Des chiens errants, des véhicules tout-terrains, des camionnettes, de la poussière qui lève dans le chemin, des maisons décaties, d'autres rafistolées ou abandonnées, des fenêtres brisées, des touristes à l'air égaré, un vieil homme édenté qui sourit sur le pas de sa porte, pas d'enfants, pas de pelouse, un petit groupe d'Amérindiens et d'Amérindiennes, assis sur la galerie de la cabane de la gare, qui attendent on ne sait quoi. Un nuage de relents d'alcool et de fumée de cigarettes flotte en permanence au-dessus du Moose.

En passant devant l'hôtel, Alice remarque une femme qui titube en venant droit vers eux.

— Arrête-toi ! dit Lucy.

Alice donne un coup de volant pour éviter de l'écraser et se gare. Puis elle reconnaît Jeannette. La grosse fille a vraiment l'air amoché avec un œil au beurre noir et le visage tuméfié. Lucy descend précipitamment du camion après avoir mis le bébé dans les bras de Minnie. Celle-ci semble terrorisée et Alice passe son bras autour de ses épaules pour la rassurer. Elle voudrait lui dire quelque chose, mais elle se tait. « L'horreur se passe de mots », se dit-elle.

Lucy va vers sa fille, qui s'est arrêtée et qui la regarde sans vraiment la voir.

— Qu'est-ce qu'il t'a fait ? demande Lucy en colère.

Jeannette, piteuse, ne répond pas.

— Je te ramène à la maison. Viens-t'en ! dit Lucy.

Puis, elle croise le regard très noir et très dur de Samuel qui est descendu du camion. Elle reste sans voix. Elle sent la catastrophe qui fonce vers eux, tandis que Samuel marche vers le Moose.

Samuel grimpe deux par deux les marches du perron et ouvre brusquement la porte de l'hôtel. La grande salle est sombre. Après quelques secondes d'adaptation à l'obscurité, l'objet de sa haine se focalise sur sa rétine. Le *ihimistikshiou* est là, devant ses bouteilles de bière.

— Le Blanc ! dit Samuel, déterminé.

L'homme lève les yeux.

— Qu'est-ce que tu me veux, mon petit chriss ?

— Sors de là, *ihimistikshiou* !

Samuel se sent fort. L'adrénaline circule en masse. L'homme rit, prend une gorgée.

Dehors, Lucy et Jeannette fixent la porte du Moose pendant qu'Alice, inquiète, descend du camion, décidée à aller chercher Samuel.

— Garde le bébé, bouge pas d'ici, dit-elle à Minnie en refermant la portière.

Mais elle s'arrête aussitôt, car la porte de l'hôtel s'ouvre et Samuel apparaît. Le soulagement des trois femmes n'est que de courte durée : l'homme, le *ihimistikshiou* de Jeannette, sort à son tour. Un géant face à l'enfant.

— Dégage, dit l'homme.

— Je vais te tuer, dit Samuel froidement.

— Va téter ta grosse mère !

Samuel sent l'électricité monter le long de sa colonne vertébrale. Il se rue sur l'homme et il le frappe autant qu'il peut. Au visage, à l'abdomen, partout. En battant cet homme, ce sont tous les autres qu'il massacre, qu'il cherche à anéantir. Tous les chums de sa mère, tous les Charlie de tous les Moose du monde, tous les touristes, tous les pêcheurs, tous les chasseurs, tous les chefs de gare, tous les commis de magasin, tous les travailleurs sociaux, tous les professeurs et tous les pères Noël sans cadeaux.

Alice essaie de l'arrêter. Pas moyen de le calmer. Quand elle remarque que le gars saoul se laisse faire et résiste à peine, un sourire niais aux lèvres, elle le frappe dans les couilles. L'homme gémit et s'effondre.

Charlie, qui vient de sortir, jette un regard furieux aux belligérants. Il aide l'homme à se relever.

— Viens, dit Alice à Samuel en le tirant par le bras. Vaut mieux pas rester ici.

Ils retournent tous au camion. Jeannette fait de gros efforts pour monter à l'arrière, dans la boîte. Pas question qu'elle monte à l'avant, car il y a de fortes chances qu'elle vomisse. Alice l'aide comme elle peut. Samuel s'installe près de sa mère. Minnie tient à monter dans la cabine, auprès de sa grand-mère.

Le vieux camion roule enfin vers la sortie du village. Ils ont tous hâte d'échapper au regard des curieux plantés devant l'hôtel pour voir le « spectacle ». Samuel, assis aux côtés de sa mère qui somnole, regarde droit devant, sa mallette noire contre lui. À la voie ferrée, un long train de marchandises passe, au ralenti. Alice s'arrête.

— Ça va prendre combien de temps ? demande Alice.

Devant les wagons qui défilent dans un bruit d'enfer, Lucy ne répond pas, ne la regarde même pas. Alice pense que la vieille a bien raison. Toute communication humaine est superflue lorsqu'on se sait revenu à la case départ, ou arrivé au point de non-retour. Il n'y a alors plus rien à ajouter sur rien. Alice sent la blessure à vif de Lucy, celle de la petite et la sienne. Ou est-ce une seule et même plaie qui leur fait mal, toutes trois unies dans la purulence et le sang ? Alice comprend maintenant à quoi servent la revanche et la vengeance. La colère trouve un exutoire et ne se retourne pas contre vous. Le sentiment d'impuissance qui vous étreint s'estompe, le temps du combat.

À l'arrière, Jeannette se lamente. Samuel n'aime pas sa mère saoule.

— Samuel… gémit Jeannette.

La femme roule sur elle-même, s'échoue sur son fils, qui étouffe sous son poids. En s'aplatissant et en se tortillant, il réussit à s'échapper de l'étau maternel. Il reprend sa mallette et saute en bas du camion.

Alice, dans le rétroviseur, le voit s'élancer à l'avant.

— Hé !

Elle descend et court pour le rejoindre.

— Samuel !

Samuel s'agrippe, puis grimpe sur une plate-forme du train en marche. Sa mallette noire, en heurtant une paroi de métal, s'ouvre et laisse échapper son trésor, qui s'envole. Samuel se redresse, tente de retrouver son équilibre. Il se tourne dans la direction du vent, dos au village, dos à sa famille, dos à sa vie malheureuse, face au Nord.

Alice regarde le train qui file en pleine forêt, Samuel qui disparaît de son champ de vision. Elle s'agenouille dans le chemin pour ramasser les cartes de groupes de musique rock. Elle sent la présence de Lucy à côté d'elle. Elle ne lève pas les yeux.

❖

Lucy ne dit pas un mot de tout le trajet du retour, ni de tout l'après-midi. Elle s'assoit dans son gros fauteuil, près de la fenêtre, et elle ne bouge plus. Elle ne jette même pas un œil à Jeannette qui somnole sur le divan. Ce silence pèse lourd à Alice, qui feuillette nerveusement un ancien catalogue d'un magasin à rayons, trouvé dans une pile sur l'étagère. Minnie dessine, sans son sourire habituel, sans la petite flamme de l'innocence dans ses yeux. Lucy n'a rien avalé de la journée. Les filles ont grignoté des restes, sans appétit. Ce n'est qu'au bout de quelques heures que Lucy se lève et sort de la maison.

Alice, inquiète, sort à son tour, une quinzaine de minutes plus tard. Elle regarde aux alentours de la maison, elle s'arrête à la bécosse, elle descend à la rivière. Lucy est introuvable. Alice retourne vers la cabane, marche dans l'allée, se rend sur la butte. C'est de là qu'elle aperçoit enfin

Lucy, postée dans le chemin de terre. Elle descend la côte et la rejoint.

— Un malheur est arrivé, dit Lucy sans regarder Alice.

Alice se dit que des malheurs, c'est ce qu'il y a partout autour, pas besoin d'être devin pour le savoir. Lucy se tourne vers elle, très sérieuse, très sombre.

— La nuit dernière, j'ai rêvé. Je suis retournée dans nos territoires. Comme quand j'étais jeune, et j'ai vu la mort.

Alice est saisie de stupeur. Cette fois, Lucy la regarde droit dans les yeux. Le noir de ses pupilles plongées dans le bleu des yeux d'Alice.

— Malgré le printemps, il faisait encore froid. Le temps était laiteux et on pouvait à peine distinguer le ciel de la terre. Agnès et moi, on faisait la tournée des collets à lièvres. Rien. J'ai commencé à pleurer. Agnès m'a dit : « Allez, courage, faut continuer. » Y avait d'autres collets à vérifier, plus loin. Ça faisait plusieurs jours qu'on n'avait rien à manger au campement. On était épuisées. J'avais froid. On portait des manteaux d'étoffe par-dessus nos longues jupes de laine usées, des mitaines et des mocassins en peau d'orignal. On avait des foulards sur la tête. Agnès marchait devant moi ; elle avait un sac de toile blanche sur l'épaule. Comme elle était plus vieille, plus grande et plus forte que moi, c'est elle qui décidait. On a traversé une vallée, déserte et toute blanche, pis après, on a longé la rivière. Y avait une légère brume autour de nous. C'est là, à l'orée de la forêt, qu'on l'a vu.

— Qui ? demande Alice.

— L'orignal, répond Lucy. Une femelle. Incapable de bouger. Elle était prise dans la neige, enfoncée jusqu'aux flancs. Une vapeur blanche sortait de ses naseaux. On était proches. Si proches qu'on pouvait la toucher. Agnès m'a dit de pas bouger. Elle a sorti la petite hache de son sac, elle s'est avancée, pis elle l'a frappée. C'était terrible. Elle avait du sang sur son visage, sur ses mains, sur son manteau. Moi, j'ai croisé le regard de la bête. Elle avait l'air de souffrir! Je l'entendais gémir. Avec ses yeux, elle me disait quelque chose: elle mourait pour nous sauver.

Lucy s'arrête de parler un moment.

— Cette nuit, elle est venue dans mon rêve pour m'avertir. C'est certain. Nous avons assez attendu. Va me chercher Samuel.

Alice est sidérée.

— Rends-toi au kilomètre 22. Il devrait ressortir par là. Surveille bien la route. Il a dû sauter en bas du train avant d'être rendu trop au Nord. Il connaît le coin, le petit. Si tu le vois pas, prends le sentier et va voir Katrin et Walter. Dis-leur qu'on a besoin d'aide.

Un dizaine de minutes plus tard, Lucy, sur le pas de la porte, regarde le vieux camion s'éloigner sur le chemin de terre. Elle est envahie de tristesse et de découragement, et elle a des sanglots pris dans la gorge. Mais elle ne veut pas pleurer. Pas devant Minnie. Cela ferait perdre complètement espoir à la petite. Elle détache le chien, part vers la rivière.

Assise sur un rocher, elle enfouit ses doigts dans les poils du cou de la bête couchée à ses pieds, tout en regardant l'eau immobile. Elle n'aime pas ce temps, sans vent, trop calme, trop silencieux.

— Jésus, *chew Mandou*, ramenez-moi Samuel, dit-elle à voix basse. Sauvez mon petit. Je promets de me forcer pour être bonne. Ou bien, en échange, donnez-moi une maladie bien souffrante.

Puis, la vieille femme pleure. Les sanglots lui font mal dans la poitrine.

❖

Alice n'a aucun repère sur cette route qui pénètre à fond la forêt ou ce qu'il en reste. Toutes les épinettes noires se ressemblent et, à chaque tournant, c'est du pareil au même. Elle roule très lentement. « Surtout ne pas rater la borne du kilomètre 22 », se dit-elle. Cela fait environ une heure qu'elle conduit, sans rencontrer âme qui vive, lorsqu'un convoi de bois, mastodonte roulant à toute allure au milieu du chemin, fonce littéralement sur elle. Elle l'évite de justesse, en prenant rapidement l'accotement, et elle se retrouve presque dans le fossé. Elle immobilise le vieux camion, le temps de reprendre ses esprits. Alice est nerveuse, presque à bout de nerfs. L'angoisse est de retour dans sa poitrine. En force. Mais elle fera tout pour retrouver Samuel. Sans quoi, Lucy ne s'en remettrait pas et l'avenir de Minnie, du bébé et même son avenir à elle ne tiendraient pas le coup. Non, l'orignal n'a pas donné sa vie pour que ça finisse ainsi.

Arrivée au kilomètre 22, Alice descend du vieux camion. Elle regarde à la ronde.

— Samuel ! Samuel !

Elle fait les cent pas au milieu de la route. Elle s'est habillée pour affronter les mouches noires et elle a chaud. Elle s'assoit sur le bord du fossé. Elle n'a pas du tout envie d'entrer dans le bois. « Je gage que le petit maudit est déjà rendu à la maison ou bien qu'il est ici, en train de m'épier, et qu'il attend juste le bon moment pour me faire peur », pense-t-elle. Mais elle s'inquiète pour le garçon. Elle l'aime bien, malgré tout. Elle sent des liens invisibles entre elle et lui. « L'ennemi commun nous aura donné ça, se dit Alice, et les attaches sont solides quand l'adversaire est de taille. » Dans la tête d'Alice, c'est clair : l'ennemi, le monstre à abattre, ce n'est pas Isaac ou le Blanc de Jeannette, mais tout comportement qui ressemble à l'indifférence et au mépris.

Alice jette un œil vers le ciel. Encore de la lumière. Elle se dit que si elle tarde trop, la nuit noire va tomber et tout envelopper, bien avant qu'elle ait le temps de se rendre au campement des vieux. De toute façon, elle n'est pas certaine de pouvoir trouver le sentier, que ce soit en plein jour ou sous les projecteurs.

Il lui faut d'abord traverser le désert, puis repérer le rocher. Ensuite, si elle ne se trompe pas, il y aura le ruisseau. De là, elle saura où aller. À peu près. Elle doit faire vite, très vite. Et pas question d'avoir peur, ça ne fera que la ralentir. Alice pense que Lucy a sûrement raison. Si Walter sait communiquer avec les ours, il saura entrer dans le rêve de Samuel et le convaincre de revenir. Et si le garçon est perdu, le vieil homme saura où il faut le chercher. Il aura une vision. Et si tout ça n'est que chimère, il y aura toujours la police et même l'armée.

Alice fait le moins de bruit possible, persuadée que si elle ne perturbe en rien la vie de la forêt, on la laissera tranquille. Elle avance rapidement. Elle transpire, et son cœur bat vite. Après ce qui lui semble un très long moment, compte tenu de la distance qu'elle a à parcourir, elle trouve le rocher, le ruisseau et le sentier sablonneux. Mais là, en pleine forêt, elle ne voit plus rien. Elle a beau écarquiller les yeux, les plisser, les fermer pour les ouvrir encore, il fait noir. Impossible de distinguer quoi que ce soit. La noirceur recouvre les plantes, les rochers, les arbres, les feuillages, les pelages, les queues, les pattes, les crocs et les griffes. Alice pense à tous les prédateurs nocturnes qui sont tapis dans l'obscurité la plus obscure et qui la voient, et qui la sentent. Eux qui connaissent les moindres recoins de la forêt, eux qui entendent souffles, pouls, ondulations, respirations. Eux qui reniflent à des kilomètres à la ronde une haleine, une sueur. Ils l'ont sûrement vue venir depuis longtemps et ils rient d'elle. Pire : ils salivent déjà. C'est plus effrayant que d'être en plein cauchemar parce que d'un cauchemar, on se réveille. Elle essaie de se raisonner. Après tout, c'est seulement une forêt, une gentille forêt, une espèce rare en voie d'extinction, d'extermination, de coupe à blanc. Pas une ruelle du centre-ville à trois heures du matin à la sortie d'un bar. Non, il s'agit ici de la nature, de la bonne nature à l'état sauvage, peuplée de bêtes. Pas d'êtres humains, la pire espèce. Mais Alice a peur, très peur. Elle peut à peine avancer.

Alice entend du bruit. Elle se fige. Le craquement d'une branche. Elle se jette par terre, face contre le sol. « Ça doit être comme ça, la guerre, se dit-elle. L'ennemi peut surgir de n'importe où. On ne sait pas où se cacher. » Elle pense aux soldats morts ou vivants, de la terre dans la bouche. Elle tremble. Après quelques minutes, ramassant son courage, elle se relève, reprend sa marche, en aveugle. Elle se concentre sur ses pas, de tout petits pas.

Pendant ce temps, Samuel est assis au pied d'un arbre, recroquevillé sur lui-même, sa précieuse mallette, vide, serrée contre lui. Il a décidé de rester dans le bois. Il ne retournera jamais à la maison, il n'ira plus à l'école, il ne reverra plus sa mère. Le bébé va lui manquer, de même que sa grand-mère et sa petite sœur, mais il ne changera pas d'idée. Épuisé, il sent la nuit qui l'enveloppe, qui le prend dans ses bras, et il se laisse peu à peu engourdir par le sommeil. À l'aube, il ira au campement des vieux et il demandera à Walter s'il peut demeurer avec lui.

Samuel sort de son engourdissement quand il entend des craquements. Ce sont les pas d'une personne, pas ceux d'un animal. Une personne incertaine, qui ne sait plus où elle va. Une personne légère. Une femme, peut-être. Il retient sa respiration pour mieux suivre la direction des pas et se lève sans faire de bruit.

Alice sait qu'elle est tout à fait perdue. Elle ne marche même plus dans le sentier. Elle a envie de crier, mais aucun son ne peut sortir de sa bouche. Ils demeurent coincés dans sa gorge. Des bruits sur sa gauche, puis des ailes au-dessus de sa tête. Un ululement. Alice a peur. Elle écoute, paralysée. Puis elle fait un pas, s'enfarge dans une branche et tombe.

Samuel avance dans le sentier. Depuis un moment, il n'entend plus les pas. Il ne veut pas se faire repérer, mais il sait qu'il ne risque rien s'il s'agit d'une Blanche car, comme presque tous les Blancs, elle doit avoir peur dans le noir. De plus, il a l'avantage de voir dans la nuit et de connaître les habitants à poils et à plumes des lieux. À moins que ce ne soit pas une Blanche. Mais qui d'autre pourrait marcher en pleine nuit, en pleine forêt? Et pour aller nulle part, en plus, car le sentier qui mène au campement des vieux se trouve dans la direction opposée. Samuel respire plus attentivement. Un renard vient de passer. Puis, il voit un corps étendu par terre. Alice. Il s'approche. Ses pas sont si souples qu'Alice ne l'entend pas. Il s'accroupit et il l'observe un moment. Elle n'a pas de blessures apparentes. Pas de sang. Les yeux fermés, elle sanglote. Il la regarde comme il regarderait une douce perdrix évanouie et il ressent pour elle la même tendresse et la même peine devant sa fragile beauté. Il a envie de caresser les cheveux pâles, la peau délicate et diaphane. Depuis qu'Alice a battu le *ihimistikshiou* de Jeannette, Samuel la voit différemment. Elle n'est plus une Blanche comme les autres, mais elle n'est pas tout à fait comme lui, non plus. Elle est Alice, celle qui a compris la peine immense et la rage au cœur de l'enfant.

— Alice!

Elle ouvre les yeux et elle éclate en sanglots.

— Samuel, c'est moi qui devais te sauver, dit-elle en pleurant et en riant à la fois.

Alice se relève péniblement, car elle s'est blessée à un genou en tombant. Elle ne demande pas à Samuel pourquoi il s'est enfui. Elle lui remet un paquet de cartes qu'elle a ramassées le long de la voie ferrée. Samuel esquisse un sourire en la regardant droit dans les yeux. Puis, il les range dans sa mallette écorchée.

— On rentre? demande Alice. Sinon, ta grand-mère va mourir d'inquiétude.

Samuel acquiesce d'un mouvement de la tête. Il ne veut pas faire mourir sa grand-mère et il faut bien qu'il aille reconduire la fille.

— Sais-tu par où il faut aller? demande Alice.

— Ben oui.

— T'as pas peur?

Samuel ricane. Il prend le sentier. Alice a de la difficulté à le suivre de près, car elle boite un peu. Le garçon se met à marcher très vite.

— Samuel! Attends!

❖

Alice, en pyjama, prend un verre d'eau à la cuisine. Au salon, Samuel dort sur le divan, tandis que Jeannette, Minnie et le bébé dorment par terre sur un matelas. Alice tombe de sommeil, mais elle s'inquiète pour Lucy. La journée qu'elle a passée et toutes les émotions qu'elle a vécues, ce n'est pas très bon pour la santé de la vieille femme. Alice arrive dans l'entrebâillement de la porte de la chambre de Lucy au moment où celle-ci enfile sa robe de nuit. Par respect, Alice baisse les yeux.

— Tout le monde dort ? demande Lucy.

— Oui, répond Alice.

Alice va s'asseoir auprès d'elle. Elles demeurent un moment en silence. Puis, Lucy tourne son regard reconnaissant vers Alice.

— Je te remercie, Alice. Mais quand est-ce que ça va s'arrêter ?

Alice n'a pas de réponse, pas de mots. Elle prend ses mains usées. Puis, elle touche du bout des doigts le visage cuivré de la vieille, les sillons qu'ont creusés les rides, le temps.

— Vous êtes belle, dit Alice.

— J'ai eu un bon corps. Maintenant, il est tout détraqué, dit Lucy.

Elle touche ses seins par-dessus son vêtement.

— Ils ont nourri mes enfants.

Elle passe la main sur son ventre.

— Un nid soyeux pour mes fils, mes filles. Couche-toi, Alice, la journée a été difficile pour toi. Ton enfant a besoin d'une mère reposée.

— Comment vous le savez ?

Lucy éteint la lampe. Alice sait que la femme ne répondra pas à sa question.

— Est-ce que je peux dormir ici, avec vous ?

— Oui, oui.

Lucy s'étend sur le côté et elle remonte la couverture par-dessus elle. Alice se couche contre le dos de la femme et elle ferme les yeux. Elle entend Lucy ronfler un moment, puis elle coule dans un sommeil profond, comme jamais.

9

Alice transporte le vieux sac qui renferme les cendres. Lucy, qui a de la difficulté à marcher, à cause du sol raboteux, la tient par le bras. Minnie et Samuel les accompagnent, suivis de Jeannette qui porte des lunettes de soleil et qui pousse la poussette du bébé. Le prêtre, Katrin, Walter et le petit sont déjà arrivés. Deux gros véhicules se stationnent en bordure de la route. Des Amérindiens et des Métis, hommes, femmes et enfants, en sortent. Alice questionne Lucy du regard.

— Ta famille, Alice.

Ils sont une quinzaine à assister à la mise en terre. Alice les regarde un à un. Sur les visages, elle retrouve des airs de famille, le sourire d'Isaac. Elle repère l'oncle Willie, le visage enflé, la peau couperosée. Elle pense reconnaître ses tantes Joséphine et Charlotte, qu'elle a vues sur les photos de Lucy, et elle les trouve moins *maganées* qu'elle ne l'avait imaginé. Ses tantes sont grasses, assez jolies. Elles portent des espadrilles et des survêtements comme si elles allaient s'entraîner au gymnase. Les hommes portent tous des casquettes ornées d'un poisson ou d'un orignal et d'inscriptions en cri. Leurs enfants sont beaux avec leurs dents blanches, leur sourire, leurs cheveux devant les yeux, pour les garçons, et tressés de rubans multicolores, pour les filles. Priscille et son père sont là. Alice aperçoit la femme du magasin général, celle qui est toujours rouge et qui sent le parfum, qui approche et se place dans le cercle, juste à côté de Samuel. Elle n'aime pas cette femme. Elle se demande comment elle ose venir aux funérailles d'Isaac avec tout le mépris qu'elle dégage sans même s'en sentir coupable. Elle a envie de lui dire de s'en aller. Puis, elle voit Samuel qui foudroie la femme d'un regard de haine. Celle-ci se déplace aussitôt et se réfugie à côté du vieux chauffeur de taxi. Alice et Samuel se sourient.

Comme si un signal invisible avait été donné, le petit attroupement prend un air solennel et attristé. Le prêtre entame la prière des morts sur un ton monotone. En français d'abord, puis en cri. Alice remarque que sa parenté est à l'écoute du prêtre, concentrée et fervente. Alors qu'ils prient en cri, le prêtre monte un peu le ton en appuyant sur certaines syllabes. « Il joue sur la corde sensible des émotions », pense Alice. Lucy essuie ses larmes sous ses lunettes, Charlotte et Joséphine sanglotent. Jusque-là, Alice s'en sort plutôt bien : elle ne ressent rien. Comme si cette cérémonie ne la concernait pas. Puis, le prêtre fait signe à Alice d'aller déposer les cendres dans le trou que l'on a creusé devant la petite croix de bois. Alice est soudainement prise d'un malaise. C'est comme un vertige doublé d'une paralysie. Les deux pas qui la séparent du trou lui semblent des kilomètres et le trou lui-même, un abîme. Elle ne peut pas avancer, ses jambes la supportent à peine. Elle tient l'urne bien serrée contre elle ; elle est incapable de s'en séparer. Le silence tout autour est lourd, très lourd. Comme une chape de plomb sur elle. Voyant qu'Alice ne bouge pas, et comprenant la situation, Lucy s'approche d'elle.

— Maintenant, Alice, lui dit-elle d'une voix grave.

— Je peux pas, répond Alice.

Alice pense : « Non, pas encore. » Elle aimerait le garder encore un peu, rester seule avec lui, peut-être s'étendre sur le sol jusqu'à ce que le soir tombe. Elle n'a pas la force de le laisser dans le trou et de le couvrir de terre. Elle veut être de nouveau une petite fille pour qu'il la prenne par la main ou qu'il la gronde ; être une adolescente pour qu'il la trouve belle ou qu'il lui interdise de rentrer tard, de fumer. Elle veut rattraper le temps perdu, réinventer la vie, repartir à zéro.

— *N'sikous, witch'tchawtaw. Natimataw, kwetchtawk tchèkone*[1], dit Joséphine.

— Il le faut, dit Lucy à Alice, en même temps qu'elle lui prend le bras et la force à avancer.

Alice réussit à faire quelques pas. Ensemble, elles marchent vers la petite croix. Lucy attaque un chant en cri. Les notes sont très aiguës et sa voix est tremblotante. Quelques secondes plus tard, les hommes, les femmes et les enfants se joignent à elle. Leurs voix emplissent l'air. C'est un cortège sonore qui accompagne Alice. Elle n'entend plus que ce chant. Même les mouches voraces ne la dérangent pas. Alors seulement, elle trouve le courage d'accomplir ce qu'elle a à accomplir : enterrer son père. Elle s'agenouille, dépose l'urne dans le trou. Elle pleure à chaudes larmes. Elle se dit que les notes ont la mission de transpercer l'air et les armures. Qu'elles appellent les larmes pour laver les cœurs lourds de toutes les saletés et des détritus qui s'y trouvent.

Après un moment, réalisant que le silence plane autour d'elle, Alice se relève. Se détournant pour partir, elle est saisie d'étonnement. La famille l'attend. Elle s'approche, émue. À tour de rôle, chacun lui tend la main et l'embrasse.

---

1. Ma tante, il faut l'aider. Faites quelque chose.

— Mes sympathies, je suis ta tante Charlotte.

— Joséphine, la petite sœur de ton père. Je t'aurais pas reconnue!

— Willie.

— Mes sym…

— Hum.

Ils retournent tous vers les voitures où Jeannette et ses enfants patientent. Priscille s'est appuyée contre son taxi, tandis que le vieux chauffeur et la femme du magasin général marchent vers le village.

— Comment ça se fait qu'elle est venue aux funérailles, celle-là? demande Alice à Lucy.

— Qui?

— La femme qui travaille au magasin général.

— Parce qu'elle a de la sympathie pour nous.

— Je crois pas ça.

— Ça fait tellement longtemps qu'on vit les uns à côté des autres. Eux aussi ont la vie dure. Son fils est mort dans un accident de chasse l'année dernière.

— Samuel, Minnie, embarquez avec nous autres, dit Charlotte.

Alice ouvre la portière du camion, aide Lucy et Jeannette avec son bébé à monter. Puis, elle va vers Priscille qui lui fait signe.

— Je voulais te dire… ton père aurait pas dû finir sa vie comme ça. C'est de valeur.

— Ouais.

— Je l'aimais bien.

— Ah. Viens nous rejoindre dans le rang de la Rivière. Lucy a préparé un *muk'shan,* un repas avec des mets amérindiens.

Priscille regarde le gros camion, avec le reste de la famille, qui démarre. Elle resterait bien avec cette fille plutôt sympathique et la vieille Lucy. Mais pour ce qui est des autres, ce serait trop. Trop d'habitudes à défaire, trop de silences à rompre.

— Je te remercie. J'ai à faire.

Priscille monte dans son taxi et Alice rejoint les deux femmes qui l'attendent dans le camion.

❖

Maintenant, ils sont tous devant la cabane. Lucy sort de son sac un petit appareil photo automatique.

— Joséphine, viens te placer avec tes enfants pour la photo, dit-elle. Jeannette, va un peu par là.

Lucy vérifie d'où vient le soleil et fait quelques pas vers la gauche.

— Alice, c'est bien, tu dois être au centre.

— Grand-mère, attends! dit Minnie.

— Arrêtez de bouger!

Lucy regarde dans le viseur : Minnie est revenue s'asseoir par terre et tient le petit chien dans ses bras. Willie a l'air absent. Les enfants ricanent. Les adultes sourient. Pas de têtes d'enterrement. Elle prend la photo.

Puis, elle entre dans la cabane où elle s'empresse de faire chauffer, au four et sur la cuisinière au gaz, les mets qu'elle a apprêtés. Elle prépare le thé, bien noir et bien sucré. Elle empile des assiettes sur la table et elle place, tout au centre, une belle bannique ronde et moelleuse, à la croûte dorée.

Attirés par l'odeur des viandes et des pâtés, ils se retrouvent tous dans la cuisine. À tour de rôle, ils se servent.

— Ma tante, vous avez pas perdu la main, dit Joséphine.

Lucy, bien fière, fait mine de rien. Elle les regarde du coin de l'œil. Ils ont l'air ravi, ébahi même. Elle se dit qu'elle a réussi un tour de force : elle les a réunis pour les funérailles de son cher Isaac, elle les nourrit, sa maison est bien propre, ils ne la prendront pas en pitié et ils n'insisteront pas pour qu'elle aille vivre à la réserve avec eux. « Mais tout de même ! pense-t-elle, ils pourraient s'occuper un peu plus de moi ! »

Après que tous ont mangé à satiété, les femmes s'occupent de la vaisselle. Lucy reste assise. Un des oncles, le mari de Charlotte, prend son violon.

— Je les faisais danser toute la nuit, dit-il en se tournant vers Alice.

L'homme a des yeux rieurs, un large sourire, des mains calleuses, les doigts agiles. Il entame une gigue. Charlotte passe son torchon à une de ses filles et fait quelques pas de danse devant son mari. Walter se lève et il fait danser Katrin et Lucy. Les autres tapent des pieds et des mains. Alice regarde sa famille. Les enfants qui s'amusent, les femmes qui rient, les hommes qui dansent. Elle se demande comment ils font, avec toutes les misères de leurs vies, pour garder le goût de festoyer et pour être heureux. Puis, Charlotte vient chercher Alice pour danser avec les autres. Alice se lève, sautille un moment. Elle va, à son tour, chercher Minnie, lui prend les mains et tournoie dans la cuisine avec elle. À la fin de la pièce, ils s'esclaffent de rire et applaudissent.

— Quand est-ce que tu retournes dans la grande ville ? demande Joséphine à Alice, qui vient de s'affaler sur une chaise.

— Demain, répond-elle.

— Viens quelques jours à la réserve, dit Charlotte.

— Merci, une autre fois.

— On va t'emmener à la pêche, dit l'oncle au violon.

— Je l'ai emmenée à la pointe de sable, sur la Mékiskan, dit Lucy. On est montés au sommet.

— Ma tante! dit Joséphine. À votre âge?

— Oui, oui, répond Lucy, sans dire qu'elle a soufflé et peiné pour y parvenir.

— À Montréal, y en a pas des beaux endroits de même, je suis sûre! dit Charlotte à Alice.

— Non, c'est vrai, répond-elle.

— Je serais jamais capable de vivre dans la grande ville, dit Joséphine.

— Les uns par-dessus les autres comme des poules dans des cages, dit l'oncle Willie.

Ils éclatent de rire à l'unisson.

Alice s'aperçoit que les plus jeunes se sont rapprochés d'elle et qu'ils l'observent.

— Es-tu mariée? demande l'une de ses cousines.

— Non.

— As-tu des enfants? demande une autre fille, plus jeune.

Coup d'œil d'Alice à Lucy, qui feint de n'avoir pas entendu.

— Non.

— Vous autres, ça suffit les questions, dit Joséphine. Laissez votre cousine tranquille. Je descends au village. Je vais aller voir le vieux Moose avant de repartir.

— J'y vais aussi. Alice, tu viens avec nous, dit Charlotte. Faut fêter nos retrouvailles.

— Ma nièce, c'est moi qui t'offre la bière, dit Willie.

— On va prendre un coup à la mémoire de ton père! dit un des oncles dont Alice a oublié le nom, celui qui ne joue pas du violon.

— Toi, tu vas pas prendre un coup. On rentre à la réserve ce soir, dit Joséphine.

— On va au village? demande un des garçons.

— Vous restez ici, dit Joséphine. Ma tante, vous pouvez bien garder les enfants une petite heure?

Lucy s'assombrit. Jeannette quitte la pièce. Le bébé pleure dans la chambre.

❖

Ils roulent à toute allure dans le gros « Jeep ». Alice est assise à l'arrière, entre ses deux tantes, tandis que Willie et le mari de Charlotte sont installés à l'avant.

La grande salle de l'hôtel est animée. Parmi les pêcheurs, les touristes, les habitués du village, Alice remarque le *ihi-mistikshiou*, attablé seul devant ses bouteilles, et Jimmy accoudé au comptoir.

Ils prennent une table. Willie commande à Charlie une tournée de grosses bières.

Alice pense qu'il y a quelques jours seulement, elle se trouvait là, à regarder les clients de l'hôtel, comme s'ils étaient les acteurs d'un mauvais film. Maintenant, elle fait partie du décor. Comme s'il n'y avait plus de barrière étanche entre elle et eux.

Après la deuxième tournée, Joséphine et Charlotte rient fort. Blagues sur le sexe, blagues sur les Blancs, histoires de beuveries, histoires de pêche. Alice s'amuse.

— Charlie! dit Willie, prêt à commander encore une fois.

— Tu restes si tu veux. Nous autres, on rentre, dit Joséphine, qui subitement a cessé de rire.

— Encore une, dit un des oncles.

— Ma tante va se fâcher contre nous, dit Charlotte. D'accord, encore une.

Alice prend une gorgée et se lève. Elle a une envie pressante de faire pipi. En traversant la salle, elle se sent légère et joyeuse. L'endroit lui paraît moins sordide, vu de l'intérieur. En passant devant le bar, Charlie la salue d'un mouvement de la tête. Jimmy se retourne. Alice croise son regard. Du coup, un frisson entre ses omoplates.

— Hé! Ma cousine!

— De loin, de loin…

— Je t'offre une bière.

— Je reviens.

Les toilettes du Moose sont horribles, avec des papiers par terre, une serviette sanitaire usagée jetée à côté de la poubelle, une forte odeur d'urine mêlée à celle d'un désinfectant. « Ça vaut bien les toilettes des bars de la rue Ontario », pense Alice. Elle se lave les mains, s'essuie à même son jean, se regarde dans la glace. Elle a les cheveux ébouriffés, le teint bronzé, des piqûres de moustiques dans le cou et sur les bras. Elle sort un élastique de son sac et remonte ses cheveux en chignon. Une grosse fille entre en titubant légèrement. Alice sort.

— Encore dans le coin? demande Jimmy.

— Jusqu'à demain midi, répond Alice.

— Charlie! Deux autres.

— J'ai vu tes grands-parents, dit Alice. Lucy m'a emmenée à leur campement.

— Ils gardent mon plus jeune. J'en ai quatre.

— Ah !

— Je suis séparé.

— Ah.

Alice sent la présence de quelqu'un derrière elle.

— On rentre. Es-tu prête ? demande Charlotte.

Alice hésite un moment.

— Je vais te ramener, dit Jimmy. J'ai le camion de la pourvoirie.

— C'est ma nièce. Fais-y attention, Jimmy.

Puis, la tante se presse vers la sortie.

— Hé ! Attendez-moi, câlice ! crie-t-elle à Joséphine, au mari de celle-ci et au sien, qui sont déjà dehors.

Willie est demeuré seul à la table.

Jimmy parle peu, et Alice ne se sent pas dans l'obligation de remplir le vide de mots. Ils sont assis au comptoir l'un à côté de l'autre. L'épaule de Jimmy touche celle d'Alice. Alice se dit que la soirée va finir par la baise. Tant pis ou tant mieux. Elle n'a pas envie de réfléchir.

— Viens-t'en, dit soudainement Jimmy.

— Où ça ?

Jimmy se lève sans répondre. Il prend sa bière à moitié bue.

— Charlie !

— Salut, Jimmy. Alice.

La radio crache un morceau de musique rap. Jimmy conduit vite et, de temps à autre, il prend une gorgée de la bouteille de bière qu'il a placée entre ses jambes. Alice n'a pas peur. Il lui semble que le camion flotte et que Jimmy et elle s'envolent vers un « nowhere » au cœur de la forêt boréale ou de ce qu'il en reste. Après environ trente minutes,

Jimmy ralentit, vire dans un chemin étroit où une pancarte indique « Pourvoirie du lac Manitou ».

Bientôt, Alice aperçoit les petites cabanes en bois rond de la pourvoirie disposées en arc de cercle au bord du lac. Une seule lumière est allumée dans le chalet principal, une bâtisse un peu plus imposante que les autres. Les chaloupes sont amarrées à un long quai de bois qui s'avance dans l'eau. Des canots ont été rangés sur la rive. Jimmy se gare à côté d'une cabane, à l'une des extrémités du site.

Ils descendent.

— Ayoye! dit Alice en trébuchant.

— Attends-moi ici.

Jimmy entre dans la cabane. Alice regarde le ciel, le vertigineux ciel qu'aucune lumière, réverbération, poussière ou pollution ne voile. Elle s'allume une cigarette. Jimmy ressort quelques minutes plus tard avec un sac de couchage roulé et ficelé.

Ils marchent vers la grève où Jimmy retourne un canot pour le mettre à l'eau.

— Embarque, dit-il.

Ils avancent sur l'eau dans la nuit silencieuse. Sans un mot et sans un bruit. À peine le son de la pagaie de bois qui frôle parfois la paroi du canot. Agenouillée sur les planches humides, Alice ne bouge pas. Elle ose à peine respirer. Elle regarde le sillon que creuse le passage du canot sur la peau de l'eau et, droit devant, la masse sombre des arbres. Alice a le sentiment qu'elle et Jimmy pénètrent un territoire mystérieux en empruntant une voie liquide et obscure. Alice ferme les yeux. Elle se laisse emmener dans ce voyage nocturne. Une quinzaine de minutes plus tard, ils accostent.

Une pointe de sable, une éclaircie, le squelette de bois d'une grande tente, un emplacement de feu de camp. « Il a l'habitude des lieux, se dit Alice, c'est sûrement un genre de garçonnière en plein bois. » Ils s'assoient sur des rondins et Jimmy allume un joint.

— Toi, parles-tu aux esprits comme ton grand-père ? demande Alice.

— Non.

— Aux animaux ?

— C'est eux qui me parlent. Il y en a deux cents, là, qui parlent en même temps.

Alice éclate de rire. Elle tape les maringouins, les mouches noires et les brûlots sur ses jambes et sur les bras de Jimmy.

Jimmy se lève. Il déroule et étend le sac de couchage à même le sol. Alice se lève aussi. Ils se regardent. Les deux ont les yeux rapetissés par le désir et par les effets de l'herbe. Alice se dit que, dans quelques minutes, elle va faire éclater les interdits, tomber les tabous, voler en éclats les peurs et les reproches.

Jimmy passe sa main sur les seins d'Alice.

Ils enlèvent leurs vêtements très rapidement et entrent dans le sac de couchage. Jimmy rabat le sac par-dessus leurs têtes.

10

Alice est étendue sur le grand lit, tout habillée, les yeux ouverts. Des cernes d'eau sur le plafond de la petite chambre. Elle pense qu'elle a dû dormir une heure depuis que Jimmy l'a ramenée chez Lucy. Elle passerait bien la journée au lit, mais le train ne l'attendra pas et elle, elle n'attendra pas celui de la semaine suivante. Elle ressent une légère crampe, dans son ventre, un peu comme si elle allait avoir ses règles. Elle se touche, vérifie si elle a du sang. Non. La vie s'accroche. Même quand on ne veut pas d'elle et malgré la mort tout autour, elle continue de battre. L'idée de ne pas faire disparaître la chose effleure son esprit, mais elle la chasse vite. Cela implique trop de complications.

Alice se lève, attache son jean. Elle range son blouson, son t-shirt et sa petite culotte de rechange avec les pantoufles rouges, les souvenirs d'enfance de son père et quelques photos, dans le vieux sac d'Isaac. Elle ne reviendra peut-être jamais dans cette maison, ni à Mékiskan d'ailleurs. Elle ne reverra probablement plus Lucy et les enfants. Lucy est vieille et elle n'en a plus pour longtemps. Elle mourra probablement dans sa solitude, selon son choix. Les enfants grandiront à la réserve. Minnie deviendra une adolescente, se fera mettre enceinte, prendra le chemin de sa mère et celui de l'hôtel. Samuel, lui, est bien parti pour rejoindre la cohorte des suicidés avant l'âge adulte. La noirceur future de la vie des enfants est évidente. Non, il n'y a pas pour Alice de retour possible à Mékiskan. Et Jimmy ? Alice pense qu'elle l'aime bien et qu'elle remettrait ça. Mais il n'y a pas d'avenir possible avec lui non plus. Il n'aime pas la grande ville et elle l'imagine mal traînant ses bottes de cow-boy et ses quatre enfants dans son territoire à elle. Devant le miroir dépoli, Alice pose sur sa tête le béret de sa grand-mère. Elle se regarde fixement, puis elle sourit à son reflet dans la glace. Elle prend le sac de voyage usé et sale, et elle sort.

Samuel fume, assis sur un rocher au bord de l'eau, sa mallette noire près de lui. Il saute en bas de sa roche dès qu'il voit Alice approcher.

Alice lui tend la main.

— Fais pas de folies. D'accord ? lui dit-elle.

Samuel hoche la tête en signe d'approbation, puis donne à Alice une carte de sa collection de groupes de musique rock. Alice est émue en prenant son précieux cadeau. Elle regarde le beau visage de l'enfant, son sourire, ses yeux noirs.

— Merci.

Elle a envie de le serrer contre elle. Elle voudrait l'emmener, le sauver. Alice entend le klaxon d'un véhicule.

— J'y vais, dit-elle.

À regret, elle quitte Samuel, qui n'ajoute rien, et elle remonte le sentier aux hautes herbes. Le taxi, Priscille au volant, est stationné dans l'allée. Lucy et Minnie attendent à l'ombre des trembles et des bouleaux. Alice les rejoint. Lucy passe délicatement la main sur la joue d'Alice, touche ses cheveux.

— J'aurais aimé que tu sois ma petite-fille, dit-elle.

Alice sent sa lèvre inférieure trembler légèrement sous l'émotion. Elle a des sanglots coincés dans la gorge.

— Faut pas abandonner, Alice. Laisse pas la haine te détruire.

Alice acquiesce en hochant la tête. Puis, elle prend Minnie dans ses bras et elle l'embrasse tout en la serrant très fort.

— Où est ta mère ? Je l'ai pas vue dans la cabane. Je veux la saluer avant de partir.

Minnie hausse les épaules. Lucy détourne son regard. Alice dépose la petite.

— Alice ! T'as oublié Agathe, dit Minnie.

Alice va vers le hamac suspendu aux arbres. Elle se penche sur le bébé qui lui sourit. Elle embrasse les joues dodues. La peau de l'enfant est très douce. Alice se sent prise de tendresse, mais elle se ressaisit, ramasse son bagage laissé sur le perron, se dirige vers le taxi. Samuel est installé sur la butte, prêt à partir avec sa bicyclette.

— Je t'emmènerai voir la Mékiskan à l'automne, dit Lucy. On ira piéger le rat musqué ensemble.

Alice est surprise, touchée. C'est plus qu'une simple invitation. La vieille femme vient de dire : « Tu fais partie de nous. »

Il y a à peine une semaine, c'est ce qu'Alice redoutait le plus au monde. Maintenant, elle est contente. En quelques jours, elle a parcouru des kilomètres de distance entre elle et la lignée paternelle. Elle est même promue au rang de trappeur !

— Peut-être bien ! Merci !

Alice ouvre la portière et s'installe à l'avant, à côté de Priscille qui démarre.

Le taxi descend la côte du rang de la Rivière et tourne dans le chemin de terre. Alice regarde la cabane, la vieille

Lucy qui a pris le bébé dans ses bras, Minnie et le petit chien au bout de sa laisse, Samuel qui roule à toute vitesse derrière le taxi. L'idée de revenir à Mékiskan, de les revoir tous, de retourner sur la rivière tumultueuse et d'entendre le vent souffler sur la montagne lui sourit. Et, qui sait, elle pourrait peut-être revoir Jimmy…

— Finalement, comment trouves-tu Mékiskan ? lui demande Priscille.

Alice hésite un peu.

— C'est pire que tout ce que j'avais imaginé, répond Alice à la blague.

Elles pouffent de rire. Après un moment, elles dépassent Jeannette, qui marche le long du chemin vers le village. Priscille jette un œil à Alice, qui a vu la fille et qui ne bronche pas. Priscille poursuit sa route sans s'arrêter. Le taxi file dans un nuage de poussière. Un peu plus loin, le village apparaît. Le train entre en gare.

11

Alice marche d'un pas déterminé dans les rues de Montréal. Elle a avec elle le sac usé et sale de son père.

Elle s'arrête dans un petit parc, dans l'ouest de la ville. C'est là qu'on a retrouvé Isaac mort quelques semaines plus tôt. Une poubelle a été renversée et des papiers virevoltent au vent. Des clochards amérindiens, inuit et blancs, hommes et femmes, boivent. Un homme dort sur un banc. Ses vêtements sont souillés. Un autre pisse. Une femme s'approche de lui et s'esclaffe de rire. Alice s'avance. Elle s'assoit sur un banc libre, parmi eux, et dépose le vieux sac à côté d'elle. Elle se tient droite, ne bouge pas, ne dit rien. Elle est calme, sans colère, sans rage. Les clochards ne se préoccupent pas d'elle et elle les regarde à peine. Elle veut juste être là. Pourquoi ? Elle ne le sait pas vraiment. Elle a seulement pensé qu'elle apporterait le sac et qu'elle le laisserait sur le banc, le tombeau d'Isaac.

Puis, une femme s'approche. Elle est très maigre, petite. « Difficile de lui donner un âge », pense Alice. Elle est sans doute plus jeune qu'il n'y paraît. La femme tend la main ouverte. Alice fouille dans son sac à main et elle lui donne quelques pièces de monnaie.

— Merci, *thank you.*

— C'est rien, dit Alice qui lui sourit doucement.

La femme, étonnée que la fille lui réponde avec un sourire, écarquille les yeux. Comme elle peut.

— As-tu une cigarette? demande-t-elle, la bouche molle.

— Oui.

Alice sort son paquet et lui remet une cigarette. La femme pose ses yeux sur le sac d'Isaac. Elle le fixe comme si elle avait une apparition.

— Madame? dit Alice.

La femme ne bronche pas.

— Madame?

La femme tourne son regard vers Alice.

— Est-ce que vous reconnaissez ce sac? demande Alice.

— Isaac…

— Vous connaissiez mon père?

— Ton père? Isaac, c'était ton père? Ah… Moi, c'était mon ami…

La femme s'assoit auprès d'Alice, à côté du sac usé et sale. Elles restent là, elles ne disent rien.

GARANT DES FORÊTS
INTACTES

Cet ouvrage composé en Adobe Garamond corps 12,5 sur 14,4
a été achevé d'imprimer en janvier deux mille dix
sur les presses de l'imprimerie Gauvin, Gatineau, Québec.